科幻锐创意征文作品精选

天空使命

SKY MISSION

小建 等 著

北京理工大学出版社
BEIJING INSTITUTE OF TECHNOLOGY PRESS

版权所有　侵权必究

图书在版编目（CIP）数据

天空使命 / 小建等著. — 北京：北京理工大学出版社，2019.3
（虫）
ISBN 978-7-5682-6680-2

I. ①天… II. ①小… III. ①科学幻想小说－小说集－中国－当代 IV. ① I247.7

中国版本图书馆 CIP 数据核字（2019）第 017044 号

出版发行 /	北京理工大学出版社有限责任公司
社　　址 /	北京市海淀区中关村南大街 5 号
邮　　编 /	100081
电　　话 /	（010）68914775（总编室）
	（010）82562903（教材售后服务热线）
	（010）68948351（其他图书服务热线）
网　　址 /	http：//www.bitpress.com.cn
经　　销 /	全国各地新华书店
印　　刷 /	定州启航印刷有限公司
开　　本 /	880 毫米 × 1230 毫米　1/32
印　　张 /	9.25
字　　数 /	183 千字
版　　次 /	2019 年 3 月第 1 版　2019 年 3 月第 1 次印刷
定　　价 /	35.80 元

责任编辑 / 刘汉华
文案编辑 / 刘汉华
责任校对 / 黄拾三
责任印制 / 边心超

图书出现印装质量问题，请拨打售后服务热线，本社负责调换

目录

1/ 天空使命　文\小建

133/ 末日　文\伟爵爷

147/ 睿智的选择　文\工长君

157/ 薇儿的游戏　文\工长君

175/ 呓语　文\崔榕

189/ 面具　文／崔榕

217/ 像素雪　文／崔榕

247/ 隐士　文／合理

261/ 三十而立　文／合理

文/小建　天空使命

楔子

雪夜的海岛冷冽到让人几乎丧失生趣。一个三十岁左右的男子戴着暖耳，神情寥落地走在一条鹅卵石铺就的甬道上。天空中浓云低垂，风挟着隆隆涛声轰响在耳畔。他抬眼望去，天和海的尽头交融在一处，一片浓黑，视野里只有那座废弃游乐园里的摩天轮还能看出模糊的轮廓，却也透出颓败阴森的气息。

甬道穿过环形林带，通向一栋造型简约优雅的单层别墅。他踏上石阶来到门前，身份识别器完成人脸识别和脑电波解码，门锁打开，他拉开门准备迈步进屋。

一只脚刚踏进屋内，他的头部突然猛烈震荡了一下，犹如被钝器击中，接着表情凝固，眼神放空，直挺挺地摔倒在门口。

倒地男子身后十米处，一名黑衣人微笑着收起高压水弹枪，走出树林。这样的天气最适合来上这么一手，用雪制成的高压水弹不但取材方便，而且不会在现场留下任何痕迹。

又一名头戴黑色皮制礼帽、身穿黑色皮衣的男人从树林里走出来。他高大的身形很具压迫感，步伐沉稳有力，不疾不徐，不像是在行隐秘之事。

他径直走到倒地男子的身旁，蹲身将他的暖耳摘除，拍了拍他的脸——没有反应。

"不至于就这么死了。"持枪的黑衣人走上前来说。

"我不是怕他死，是怕他大脑被打坏，他可是全世界最优秀的天文学家。"被称作"头儿"的高大黑衣人吩咐道，"把他抬进屋，绑起来，弄醒。"

头儿说完话自己先进了屋，在门侧的墙壁上摸索了一通，开了灯。

屋子很宽敞，家居陈设却极其简洁，客厅墙上挂着一幅隶书，写着"真理屋"三个大字，昭示着主人的某种心境或者追求。头儿笑着摇摇头——真理能够普度众生不假，但真理的追求者和发现者却往往先行遭受厄难，从古到今概莫不如是。

持枪的黑衣人收起了枪，将倒地者拖进屋，把门关上，手脚麻利地将他绑上，然后拿出一根二十英寸左右的金属棒在其太阳穴部位轻轻戳了一下。倒地者身子触电似的一哆嗦，眼皮动了动，缓缓睁开了眼。

"霍金你好。"头儿问候了一声，随即自己都笑了，"不好意思，现在是不太好，但很快就会好起来的，请放心。"

"你们是什么人？"霍金嗓子有些喑哑，但并没有意想中的恐惧。

"你说呢?"头儿反问道。

"果然是你们,我早就预料到你们会来。"霍金轻蔑一笑。

"是吗?所以你看起来并不怎么害怕,是做好了心理准备吗?"头儿问。

"反科学的路走不长,我劝你们趁早改行。"虽然被捆缚在地,样子有些狼狈,霍金的神情却依然倨傲。

"还是根硬骨头。"头儿蹲身用手指点了点他的脑门,"我听说你智商很高,但这次你不够聪明,很让我失望。我不跟你废话了,我们马上就会带你走,也许余生你都会失去自由,对此你也要做好心理准备。"

"我有一个小小的要求。"霍金努力地仰着头,注视着对方的眼睛,"只要满足我这个要求,我就永远是自由的。"

"说吧,尽量满足你。"头儿说。

"我希望把天文望远镜带上。"霍金头转向一边,把嘴努向屋子的另外一侧,"就放在阳台那里。"

"嗯,我能理解。"头儿笑笑。

头儿去到阳台,那里空落落地摆着一盆吊兰、一把座椅和一台小型天文望远镜。这台望远镜比他预想得要小巧得多,试了试,一只手就能擎起来,搬动很方便。他把望远镜搬到了客厅,矗在霍金面前。

"你的宝贝来了。"头儿两只手掌拢起,丈量着镜筒,"口径这么小,怎么能观测到小行星?"

"你没资格跟我讨论专业问题。"

"好吧,你才是专家。"

他又摸了摸镜筒,这一次他注意到镜筒靠底部有一个绿色条状窄屏,跟门禁装置类似。"这是身份识别器吗?"头儿问道。

"当然,我的宝贝旁人不能盗用。"霍金说。

"理解。"头儿又笑了笑,转身对黑衣人吩咐道,"让其他队员过来清理痕迹,把车子和船都准备好,要回去了。"

"是。"黑衣人掏出电话。

一切都在按计划顺利执行,头儿长出一口气,打开房门,踱出屋外,掏出雪茄点上。

岛上的天阴起来快晴起来也快,浓云渐渐变得薄透,终于在东南方向上散开一角,一颗星星孤零零地出现了,像躲在黑色幕布后的一只眼睛,窥视着正在发生的一切。

头儿吐出一个烟圈,轻轻说道:"对不起了,宇宙又少了一位知音。"

/ 天空使命

1　太空末班岗

结束了跟妻子和女儿的视频通话,陈择英来到教学舱门口,准备踏上讲台。

他又拿出那张全家福照片看了看,嘴角弯出笑意——总也看不够似的,哪怕刚刚在视频里已经看过十几分钟。现今这时代人人都有个人虚拟视窗,家人的信息一般都是以全息影像的方式储存起来的,陈择英身为一名与高科技朝夕相伴的宇航员,却始终觉得数据流太过虚幻,总不如拿张照片贴在胸口、放在手心踏实。

照片中三岁的女儿诺诺穿着他给买的柔性布料做的儿童仿真太空服,圆滚滚的像一个雪娃娃。她坐在父母并拢的膝头,略微歪着脑袋,眼睛晶亮,似乎对这个世界充满好奇,圆乎乎的小脸蛋上竟透着英武的神气,细看之下隐约有乃父风范,这真让当父亲的感到惊喜。陈择英一年才回家一次,而拍照的这一次也许就是女儿长大后能记起的第一次,因而弥足珍贵。诺诺已经对爸爸的职业有了模模糊糊的认识,也有了探究的兴趣,她最喜欢爸爸穿太空服的样子,对于穿在自己身上的这套儿童仿真太空服更是兴奋不已，拍照那天一直在地板上努力跳着，试图飞起来。

妻子孟凡人如其名，平凡的模样、平淡的表情，极少有活泼的一面。结婚后的头两年丈夫作为太空英雄的荣光并没有分享给她，倒是后来太空基地的名声不太好了，民众对宇航员的责难波及了她这个无辜的家属。对此，她从未抱怨过。实际上她温婉娴淑的外表下是坚韧的自信和骄傲，丈夫在她心中就如同星辰般闪亮，流言不能削弱他一丝一毫的光芒。无数个夜里，孟凡陪着孩子仰望天空，指着太空基地的方向，给孩子讲着星星和爸爸的故事，于是在孩子幼小的心灵中，星星是和爸爸在一起的。每年的七月，爸爸都会从那片星海中落回地球，陪上她们娘儿俩几天，之后就匆匆回到天上。

这次将是长久的陪伴了，他即将永久退役——陈择英摩挲着照片中妻子和女儿的脸，内心深处却又在隐隐作痛。他实在太舍不得太空基地了，这里是他奋斗的地方，离开了这里他不知道自己还能做什么。更令他感到难受的是：本来退役只是他个人的决定，但随后他接到的消息是整个太空防御体系都要报废，这当然不是因为他，而是迫于社会舆论的压力。这座太空基地在人们眼中已然变成了一个烧钱专业户，地位早就岌岌可危了。

无论如何，这份事业都应该有人继承下去，这也正是他今天讲课的主题，他要在年轻人心中播下火种。

教学舱门的舷窗外，太阳从弧形地平线上升起，给地球一侧的轮廓镶上金边，这光亮逐渐扩大开来，催动着万物苏醒。这景象似乎正寓意着希望，陈择英振奋了许多，推开了教学舱的门。

十几个年轻面庞齐刷刷地看向他——这位三十七岁的太空基地总指挥一身戎装，看上去比在电视里英俊很多，身姿挺拔，正气凛然，有一种不怒自威的气质。

"维特号"太空基地的主舱采用滚筒离心的方式制造出模拟重力，当陈择英站上讲台时，他看不出台下十几位年轻人对人造重力有什么不适应。这很好，说明他们平时训练有素，没偷懒。

"学弟学妹们你们好，我是'维特号'太空基地总指挥陈择英，和你们一样，我也是银河飞行学院的学生，所以不用叫我总指挥，叫学长就行。"陈择英自我介绍道。

这一番开场白先拉近了彼此的心理距离，学弟学妹们原本略显拘谨的表情放松下来。

"这次邀请你们来到'维特号'太空基地参观，并不是公司的意思，是我私人跟银河飞行学院的一个邀约。"陈择英环视了一下众人，用很诚挚的语气说道，"我知道你们都是学院里最优秀的学生，谢谢你们的赏光。"

这份谦逊和客气让年轻人们感到亲切极了，眼前这个英武的总指挥马上变成了可以闲谈聊天的学长，但也有个别头脑精明的人品出了不同寻常的意味——避开公司，以私人名义邀约，这是什么意思？

"先问一个小问题吧，谁知道这座太空基地为什么被命名为'维特号'？"陈择英说道。

这是一道送分题，考的不是知识，而是积极性———一群人中总会有一两个积极分子，而这一两个积极分子通常确有过人之处。

一位眼睛黑亮黑亮的学弟抢先回答道："1898年，德国天文学家古斯塔夫·维特发现了一颗小行星，他计算出小行星轨道跟地球轨道有相交的情况，为此吓了一大跳。这就是最早发现的近地小行星，也就是我们常说的爱神星。爱神星上有两座环形山，一座叫贾宝玉，一座叫林黛玉，爱神星上的黄金储量比地球上已开采的全部黄金还要多……"

陈择英虚按了一下手掌，示意停下来，这位抢答的学弟不但积极，还有点话痨。

"答对了，早餐给你额外加个蛋。"陈择英笑道。

"哈哈，那太好了。"学弟也真不客气。

陈择英继续讲道："众所周知，近地小行星是地球的最大威胁之一，而'维特号'太空基地则专为消除这一威胁而建。我们来看一段影像……"他从电脑中调出全息影像，投影到空中，影像中一架火箭喷着明亮的尾焰正在升空，"公元1969年3月3日，土星5号火箭在美国佛罗里达州肯尼迪航天中心成功发射，将阿波罗9号载人航天器送入太空。三名宇航员在太空中度过了之后的十天。这期间他们除了完成既定的太空任务外，还发现了这样一件事——在太空中俯瞰地球，除了能看到壮观的锋面云带和璀璨的城市，还能看到不时出现的细小闪电，那是闯入地球跟大气摩擦燃烧的陨石。实际上，每天都有总重量约几百吨的陨石侵入地球，好在它们个头都很小，尚未到达地面就燃烧殆尽。"

美丽的东西往往都蕴藏着危险，流星就是其中之一。全息影像忠实地还原了当时的情景。

"随着对陨石研究的不断深入，人类意识到地球是在宇宙中裸奔，宇宙深处的不速之客会从各个方向朝我们射击，只要子弹的口径稍大，我们就会遭受灭顶之灾。尤其是那些运行轨道跟地球轨道可能出现相交的数十万颗体积较大的近地小行星，每一颗都可能酿成巨大的灾害，甚至会给地球带来末日。实际上，这不是会不会发生的问题，而是何时发生的问题。换句话说，小行星毁灭地球生命是迟早的事，如果我们不加以防范的话。

"进入到22世纪以来，随着太空技术的发展，世界各地有近千个太空防御计划被付诸实施，但大多无疾而终，直至联合国介入，跟阿德尔森科技公司合作建造了用于外来天体防御和深空探索的'维特号'太空基地，情况才得以改观。我们这座太空基地配载有大型激光阵列武器和二十架'希特'太空战机，可用于太空巡航和小行星拦截，在没有外来天体侵扰的'和平年代'里它还可作为深空探测器的发射基地，担负着太空科考的任务。"

全息影像播放着三十年前"维特号"太空基地刚刚建成的情景，庞大的蘑菇状舰体在太空中如同一座巨无霸堡垒，它的意义早已超越了太空技术的范畴，是现代科技发展的巅峰之作，甚至当你凝望它时会不自觉地产生宗教式的崇拜。镜头又切换到了联合国大会厅，阿德尔森科技公司的创始人麦克·阿德尔森正在发表讲话，他那时才三十多岁，是一位不折不扣的青年才俊，正是此人一手将人类梦想了百年的太空防御变为了现实。他也是陈择英的伯乐，亲手提拔陈择英为"维特号"太空基地的第二任总指挥。

"我请教学长一个问题。"一位学弟举手打断了陈择英的话。

又是刚才抢答问题的那位学弟，陈择英点头道："请讲。"

"太空基地有过到爱神星上开采黄金的计划吗？毕竟民众都在抱怨基地只花钱，不创造价值。"学弟问。

这个异想天开的问题引来一阵窃笑。陈择英却没有丝毫轻慢，正色答道："人类创造的文明比黄金贵重得多，开采黄金不是基地该干的事，基地扮演的角色是人类文明的守护者。"

"我知道，但这毕竟是发财之道啊。"学弟说。

旁边一个女生看不下去了，插嘴道："许愿你是不是傻？黄金多了，金价必然下跌，这并不会给社会增添财富，反而添堵添乱。太空基地是负责小行星防御的，不是负责采矿的，你别瞎起哄好不好？你爱发财自己发去，别耽误学长讲课。"

"你算老几，还教训我呢？学长的这座太空基地就是为防御陨石攻击而建造的，而我是我们银河飞行学院里最了解陨石的人，我跟学长做学术探讨，你一边凉快去。"

"算了吧。你最了解陨石？你了解的那是陨石的行情！"女生转而跟陈择英说道，"他叫许愿，兼职陨石贩子，满世界搜集陨石拿到文物市场上去卖，据我所知他还仿造了很多假陨石，坑了不少人，他的外号就叫'陨石坑'。"

此话一出,同学们立刻哄笑成一片。

"学长是我的偶像,你别在他面前诋毁我!"许愿急了,"我也是为学长好,想给他找一条创富道路嘛,这样起码可以维持基地运转,短期内不会被勒令报废。"

这话听得陈择英心里一疼,也许这位名叫许愿的学弟真的是好意,尽管现在说这些都晚了,但这正好引出了他今天想讲的主题。

"是的,你们大家都已经知道了,'维特号'太空基地将要彻底报废,所有基地人员很快都要遣散,联合国不想在太空防御事业上花钱了,一分钱都不想再花了。"

陈择英顿下来,目光望向舱底的舷窗,舷窗外是蔚蓝的地球,从这个角度看过去,正好可以看得见亚欧大陆的轮廓。

后排的一位女生用怯生生的语调说道:"学长,据我所知,'维特号'太空基地本来就已经到了服役年限,原本是要更换部件,改造成'维特二号'太空基地的。政府不想再做投入,趁这个机会把项目喊停了。其实也不能全怪政府,政府是要听从民意的。咱们可以做个调查,到大街上问问,估计没几个人相信小行星会撞上地球,所以我觉得是民众的力量在起作用。"

"这事儿能听民众的吗?"还没等陈择英接话,许愿就转过身去跟那个女生争论上了,"民众只知道吃饱穿暖,民众需要被教育。"

"但现在经济危机这么严重,连吃饱穿暖都很困难了,还怎么谈其他的？我妈失业一年半了，我爸上个月也失业了，我家现在就过得挺困难。很多工作岗位都被人工智能代替了，大批人沦入经济拮据的窘境，这你应该知道，除非你是富二代，不过我看你这气质也不像。科技本来就是双刃剑，民众对科技的警惕甚至反对也是有道理的。大家都要生活，不是吗？"女生说着话眼圈有些红了。

"好啊，原来你接受了'黄金抛物会'的思想！"许愿指着女生，做了一个恍然大悟的表情。

"不要给人扣帽子！"女生气得腮帮子鼓鼓的，"我怎么会接受恐怖组织的思想？我是在讲道理。"

"就是你这种所谓的道理葬送了这座太空基地！"许愿语气激动起来，"科技就应该向前发展，没有停下来的道理。人工智能取代工人的工作，造成财富过度集中，政府就应该出台相应的政策，从制度上遏制社会环境的恶化，而不是拿科技开刀。生产力上去了，生产关系应该跟上步伐调整，不能生产关系没调整好，愣要把生产力再拽下来吧？你这位小同学的思想很危险，你还不自知呢，再发展下去，你就快成'黄金抛物会'的成员了。"

那女生气得胸口一起一伏，狠狠瞪了许愿一眼，却无语反驳。

陈择英发现调皮捣蛋的许愿一旦正经起来说话还挺有道理，而且逻辑坚实，观点鲜明。他倒希望持有类似观点的年轻人能越来越多，这样他的事业才能后继有人，这也正是他给学弟学妹们上课的初衷。

"昨天我的助理朱妍已经带着大家参观了整座基地，不知大家的感觉如何，但我个人一直都很肯定地认为：'维特号'太空基地是人类太空史上的奇观，我甚至希望你们大家能尽量记住基地的每一处细节，因为以后大家再也看不到它了。每当经济下行，太空事业必定首当其冲地被削减甚至被取缔，一代又一代的从业者从未摆脱过这种尴尬。对我个人来说，即便太空基地不报废，我也早就做了退役的决定。当我有了家庭，尤其是有了孩子之后，我觉得我应该把接力棒传下去，一开始是担心没有合适的接棒人，谁能想到现在连跑道都没了……

"我坚信太空防御的整体中断是历史的倒退。有些同学可能会以为当经济转好后，太空防御会很快重启，这样的想法过于天真了。大家是否记得，从人类登月活动中断到人类再次登临月球，中间历经了多少曲折？这就是历史给予我们的教训。所以对太空防御的重启我个人持悲观态度，我唯一能做的就是把太空防御的信念传承下去。以后我不再是一名宇航员，这辈子都不再是了，可能你们也不会成为宇航员，但请年轻的你们把这份信念放在心里，然后再传播给更年轻的人，这样的话太空防御事业的重启会更快一些。我愿意跟大家成为朋友，以后随时交流，我把希望放在你们身上。"

陈择英走下讲台，给大家深深鞠了一躬。

起身后他却换上了一副轻松的表情说道："讲课到此结束，都跟我去餐厅吃饭吧。我知道昨天大家都吃的太空简餐，委屈你们了，今天我请客。"

听说学长请客，坐在前排的许愿第一个站起来，三步并作两步跨到陈择英身侧，跟陈择英一起往外走，他还憋了一肚子的问题要问呢。

"学长,太空基地啥时候报废?"

"下个月开始。"

"全拆了?"

"先将太空战机和激光阵列武器运回地面,其他一些有用的东西当然也得留着。余下的看情况吧,基地主体要发配到太空中去。"

"太可惜了,那都是钱啊!"

"总比养着我们这群宇航员省钱,人力成本你得算进去。"

"哎,学长,你说如果隔个一两百年再重启太空防御,会不会正巧赶上倒霉,在这期间就碰上小行星撞地球了呢?"

"大约每隔一百年都会有一到两次大的陨石事件,但都没到能灭绝人类文明的程度,人类已经生存了三百万年,还可以这样侥幸地活下去。"

"唉,赵一宁院士说您对基地很有感情,肯定接受不了这个事实。"

"赵一宁院士?那是我的导师。你跟他很熟吗?"

"何止熟,我去年考上了他的硕士研究生,这次就是他把我选来的。"

陈择英才知道这个许愿不但是他学弟,还是他师弟。

说话间到了餐厅,"维特号"太空基地总指挥助理朱妍正在跟餐厅师傅交代事情,看到同学们站到了门口,赶忙迎了过来:"快落座，开饭了。"

大家嘻嘻哈哈地分散落座。许愿跟着坐在了陈择英和朱妍身边，在餐桌上的点餐系统里忙活起来。

"陈指挥，有个新情况。"朱妍面色有些凝重，"黄金抛物会的一号首领卡洛斯又发布了新的视频，视频中提到了阿德尔森科技公司，也提到了老板和您。"

"哦？说什么？" 陈择英最近恰好在关注这个反科学组织。

朱妍擎起左腕，在手表上按动几下，调出视频，投影在桌面上。视频里蒙着黑色面罩的卡洛斯正在发表讲话："我们对中国江苏盱眙近地天体观测中心的爆炸事件负责，对夏威夷莫纳克亚山天文台的爆炸事件负责，对美国洛杉矶格里菲斯天文台的爆炸事件负责。现在全世界的天文机构都已陷入瘫痪，连NASA和欧空局也停摆了，这很好，省得我们一个个炸过去。

"还有一件事我必须要提，联合国政府已经拒绝了阿德尔森科技公司关于改建升级'维特号'太空基地的提案，'维特二号'太空基地计划彻底破灭。话说回来，你们猜猜看，麦克·阿德尔森和陈择英真的相信有小行星会撞到地球吗？不，这都是些骗人的鬼话。维护太空基地耗资巨大，省下这笔钱，我们的社会将不再有穷人！

"阿德尔森科技公司主营太空技术和人工智能技术，这两项技术正好就是造成民生问题的罪魁祸首，但随着'维特号'太空基地的报废和人工智能产线的急剧收缩，这家公司正面临破产。这是普天同庆的大好事。为了庆祝阿德尔森科技公司的破产，我们将暂停对于前沿科学家的绑架。你们知道的，没有这种科技公司，科学家的理论成果只能停留在纸面，完成不了实质性的成果转化，我们也就不必大费周章地对他们下手了。全世界都在静候阿德尔森科技公司的破产，我跟你们一起期待。"

卡洛斯的影像消失，屏幕定格为一个蓝色的抛物线状徽标，抛物线最顶端立着一枚黄金戒指。

陈择英将食指抚上那枚黄金戒指："唉，这个徽标极富煽动性，反科学由此变得貌似合理了。"

许愿接道："是啊，恐怖组织的核心竞争力在于他们的理念是否具备强大的召唤作用。以往以'伊甸'为名的反科学组织出现过好几个，都没能成气候，因为老百姓享受过科技带来的好处，没人想回到伊甸园，而且伊甸也并不符合东方人的信仰和文化。黄金抛物会的抛物线理论简单明了，一句话就说得明白——当科技发展超越某个临界点后就会弊大于利。这种看似理性而折中的对待科技的态度跟普通民众的切身感受完全符合，一下子俘获了人心。"

"嗯，所谓的临界点，所谓的黄金时代……"陈择英食指叩击着影像中的黄金戒指，"21世纪中叶——他们为黄金时代做的定义。他们想让科技倒退回那个年代，没有强大的人工智能，没有太空基地的年代……"

朱妍脸上笼上了一层愁云，问道："陈指挥，我们公司真的会破产吗？"

陈择英叹了口气，说："形势很不利。我还好，反正我已经决定退役了，可苦了你们这些年轻人了，真要失业了。"

朱妍眼神黯淡下来，垂头不语。

许愿看到气氛冷下来，拣着话安慰他们："长久在太空里待着对身体也有伤害，这样也好，回家跟家人团聚。工作嘛，总找得到的，实在不行的话，跟着我倒腾陨石呗。"

"经济形势这么不好，还有人玩陨石吗？"朱妍问道。

"嗨，经济再不好，土豪也有的是。"许愿呵呵笑道，"古玩市场一点没受影响，古代大师的油画、古代美女的尿盆，都能卖钱。"

"油画还行，尿盆……"正巧一盆紫菜蛋花汤送上来了，朱妍嗔道，"哎呀，你说你这人！提尿盆干啥，吃饭呢。"

陈择英哈哈大笑，拿起勺子舀了一口汤。

许愿也拿勺子舀了一勺汤，不喝，只举到嘴边看着："人造重力这么厉害，水平面还是水平面，汤都不洒的。"

"基地上这种顶级科技的运用到处都是，太可惜了。"陈择英说道。

朱妍手支着腮帮子想了想，自我安慰道："其实也没啥可惜的，基地报废就报废吧，回家跟家人团聚挺好的，您不也一直说想诺诺吗？"

陈择英叹了口气："我在基地干了十几年，要说没感情谁也不信，就这么报废了真不甘心。"

"那倒是，我也不甘心……"朱妍拿着勺子怔怔地望着舷窗。

舷窗外星海璀璨，几个月以后就再也看不到这样的景色了。

基地上的宇航员将要陆续返回地球。"维特号"将会被放逐到无垠的太空，成为历史的陈迹。与地球上的名胜古迹不同，不会有人去凭吊它，只是偶尔有人会想起它，想起人类曾拥有过的最恢宏的科技，想起舷窗外那片璀璨星海。

许愿挠挠头，跟陈择英说道："其实我也不甘心……随着太空基地报废，我的理想也破灭了。"

"你什么理想？"

"成为您的搭档，一起战斗的那种。"

许愿眼睛里透出热切的光，不像是在吹牛或者刻意恭维。

陈择英冲他点点头，表示赞许，不管怎样，眼前这个小伙子心中已经有了一团火种，尽管他看上去还不是十分靠谱。

2　末日降临

公元 2164 年 6 月，初夏时节中国北方的阳光逐渐炽烈起来，而位于北京的阿德尔森科技公司总部的员工们却如坠冰窟，他们即将面临失业。比地面工作人员更惨的则是"维特号"太空基地上的宇航员们,他们中的大多数返回地球后就地遣散,手续简单到令人寒心。

货运空天飞机频繁来往于地空之间,将太空基地上的高科技设备运抵地面,其中相当一部分要被变卖,以支付宇航员们的体检费和后续三年的基本医疗保障。

黄金抛物会成功地在民众心中培植起了对太空事业的仇视,几乎所有的天文机构都已中断工作,随着"维特号"太空基地被放逐,人类文明在茫茫宇宙中合上眼睛,安心地做起了盲人。阿德尔森科技公司创始人麦克·阿德尔森和"维特号"太空基地总指挥陈择英也被冠以"现代杞人"之称,被人们大肆嘲笑,仿佛他们是天生的骗子和小丑。

然而,陨石灾难就在此时发生了。

公元2164年6月27日晚11点23分,一个大火球从天而降,落入日本神户港,在离一间以制造军用潜艇为主业的造船厂仅三百余米处爆炸,造成五十几人死亡,两千余人受伤。日本防务省起初以为是军事打击,但很快就勘察出那是一颗陨石。此前外界都以为这间造船厂生产的是常规潜艇,但陨石灾难发生后政府却做了应对核泄漏的紧急措施,当地人员全部疏散,外界这才知道造船厂生产的是核潜艇。

媒体报道的重心并未往军政方向演进,也并未往核事故的方向演进,因为第二天上午又有一颗陨石坠落在中国东海。连续两天发生两起陨石事件，这非常罕见。

落入中国东海的陨石引发了小规模的海啸，并未造成大的灾害。但不幸的是，事发时一艘小型游轮距离陨石坠落点不超过五百米，陨石冲击波掀起的巨浪打翻了游轮，船上一百多名游客遇难。遇难者名单和照片很快被公布在了网上，最小的遇难者仅有三岁，名叫陈诺，她的妈妈孟凡也一同遇难。母女二人发在社交网络上的海上游玩照片流传很广，引来网友一片唏嘘。照片中陈诺穿着一件儿童仿真太空服站在船头，头发被海风扬起，在妈妈的护持下张着双臂像要飞起来。

再下一次的陨石事件发生在南非中部的弗里德堡城东南二十千米处，由于事发地点较为偏僻，人烟稀少，只有一个人受了伤。这次陨石事件距离中国东海陨石事件不到三小时。

短时间内连续发生三起陨石事件，造成几百人死亡，这不可能是巧合。恐慌情绪开始在全球范围内蔓延，越来越多的人担心还有更大的灾难在后面。而这时候有能力监控和拦截陨石的只能是阿德尔森科技公司，"维特号"太空基地正在被放逐的边缘，也许在它寿终正寝前还能奋力一搏，救地球一次。

消息漫天飞，各路媒体在经过了短暂的喧嚣后，终于迎来了一个明确的官方指示——经联合国授权，阿德尔森科技公司将就此事件召开新闻发布会。

7月1日，上午九点整，阿德尔森科技公司创始人麦克·阿德尔森在联合国发言人的陪同下步入新闻发布会现场。发言人只是在发布会开始的时候说了一段简短的开场白，确认了此次发布会的官方属性，随后就把话筒交给了麦克·阿德尔森。

麦克·阿德尔森现年六十六岁，鬓角全白，面庞已经显出些许老态，一双蓝色眼睛却如鹰隼般锐利。由于十岁就随着做生意的父母来到中国定居，因而他的一口中文说得相当地道："阿德尔森科技公司外来天体监测部门刚刚确认，刚刚发生的三次陨石事件并非是一场小型的陨石雨，这些陨石都来自于一颗名为'2160HW'的小行星。这颗小行星本来要在一个月后从地球飞掠而过，跟地球的距离大概是地月距离的十几倍，尚在安全范围内，但我们最新的轨道监测数据表明，它受到引力摄动，已经发生了变轨，有可能落入地球。"

台下的媒体记者们发出一声低呼，这可是所有情况中最糟的一种。理论上说，近地小行星有受到太阳系内行星引力摄动从而变轨冲向地球的可能。但这仅仅是理论，有据可查的历史上这种事很少见，仅有的几次情况还都并不严重，至少小行星的个头都不算大。但这一次有所不同，既然小行星的碎块都能酿成灾害，小行星的主体必定不会太小。而且"2160HW"以发现年份打头，显然是个临时编号，小行星只有在经过四次以上的观察确认，并且运行轨道被精确测定后才能得到一个正式编号，正式编号前面是一长串阿拉伯数字。临时编号就意味着人们对它观察次数有限，了解也有限，防范起来也更有难度。

麦克·阿德尔森继续说道："陨石灾害每个世纪都会出现一到

两次,至于灾害程度如何则完全要看运气。'2160HW'小行星最大直径有4千米左右,也许大家对这个数字没概念,我只举一个例子,造成恐龙灭绝的那颗小行星直径是10千米。阿德尔森科技公司做了一个简单的撞击模拟,但我不准备给大家看了,以免造成更大的恐慌。"

稍有科学常识的人不用看模拟也知道,这么大的小行星撞到陆地,起码会毁掉一个大洲;撞入海洋情形也不会好到哪里去,百米高的海啸将吞没沿海的大片土地,生态系统彻底崩坏,居住在内陆地区的人们会在随后的气候恶化中被折磨至死。

一名记者陡然站起身来,大声质问道:"'维特号'太空基地建成时可是以提前50年预警小行星撞击事件为目标的,怎么弄成了现在这个局面?连一个月的时间都提前不了?"

人群中出现了一股骚动,不少人纷纷附和,显然这个问题是大家共同的想法。

麦克·阿德尔森对这个问题早有准备,从容答道:"近地小行星的数量比我们原本预想的要多很多,还不断地有主带小行星闯入近地轨道,这些新加入的危险分子很难捕捉,而且最近十几年这种主带小行星闯入事件变得愈加频繁,太阳系就像一锅煮沸的开水般躁动,这给我们的工作带来了很大的难度。太空基地每年要独立发现几千颗新的近地小行星,同时也从世界各地的天文观测机构那里共享信息,又增加了上千颗新的近地小行星,跟踪任务非常繁重。"

"跟踪不区分重点吗?像这么大体积的小行星理应重点盯防!"

那名记者打断了麦克·阿德尔森的话。

"当然，我们一直是这么操作的。但这颗小行星是 4 年前才被发现的，只有一次观测记录。它是一个隐形杀手，谁都没有注意它。"

"为什么没有注意呢？"记者紧追不舍，并且用的还是责难的口气。

"你应该提点有意义的问题，而不是一味质疑！" 麦克·阿德尔森突然爆发了，"还不够吗！你们还不够吗！这五六年以来对太空基地口诛笔伐的就是你们这群人，而今整个地球整个人类的生存希望都寄托在太空基地上，而你们这帮蠢货还在质疑！你们除了质疑还有什么本事！"

现场陡然鸦雀无声，所有人都被麦克·阿德尔森夹带着脏话的这一通训斥给惊呆了。

麦克·阿德尔森喘着气，平复着自己的怒火，努力放平语调："眼下'维特号'太空基地上用于拦截小行星的激光阵列武器已经拆除，即便不拆除，激光武器也并不适合对付这么大个头的小行星。太空战机大多运回了地面，宇航员都已遣散，只剩下总指挥陈择英和两名部下暂时驻留在基地。他们原计划明天返回地球，现在我已经让他们原地待命了。基地上只剩下一架'希特'太空战机和少量弹药，我现在把全部希望都寄托在陈指挥身上，希望他能带来好运。"

话音落下，现场又是一片寂静，好半天才有一名记者打破沉默，问道："只有这一个方案吗？"

"只有这一个方案。" 麦克·阿德尔森回答。

"陈指挥准备用什么方式打击小行星呢？可以透露吗？"记者继续问道。

"陈指挥将会驾驶太空战机，发射一枚反物质导弹轰击小行星。他毕业于银河飞行学院，在担任'维特号'太空基地总指挥之前曾经是反恐飞行队的队员，精准打击正是他的特长。"

第三排中间的一名女记者突然站了起来，说道："有媒体报道中国东海陨石事件中最小的遇难者陈诺正是陈择英的女儿，我想向阿德尔森先生求证一下。如果事情属实，陈择英目前的心理状态应该不适合执行任务。"

在座的记者中不少人听说过这个消息，大家齐齐把目光集中在了麦克·阿德尔森身上。

麦克·阿德尔森不说话，直直盯着那名女记者，脸上慢慢又有了恼怒之意："你应该信任一位专业人士的专业能力！"

"您没有正面回答我的问题。"女记者显然并未被麦克·阿德尔森此前的发作吓倒。

"人类可能是这个地球上最不信任自己同类的物种了，即使末日临近也仍旧如此，这太可悲了。" 麦克·阿德尔森指着那名女记者说道，"请你坐下，不要耽误我的时间。"

"您没有正面回答我的问题。"女记者依然站得笔直，"我不是无理取闹，这件事很重要，我们所有人的生命都系在陈择英身上，我们有权了解他的心理状态。"

"其他宇航员都已经回到地面，并且全部遣散，我们能倚靠的人只有陈指挥，没得选择。"麦克·阿德尔森说道，"陈指挥目前处在失去家人的悲痛当中，只有我们的信任能帮助他化解心结。他此刻也正在看这场新闻发布会的直播，我想他会对你的质问感到寒心。战士不怕悲痛，战士怕的是他所保护的人们不信任他。"

这番话说得女记者再不言语了。

"由已知的资料来看，'2160HW'小行星是一颗碎石堆型的小行星，结构较为松散，容易解体。但我们不能等着它临近地球再出击，那样的话爆炸后的碎石仍可能砸向地球，虽然不至于造成太大的灾害，与最近三次陨石事件同等级别的灾害却仍难以避免。陈择英指挥会以最快速度出击，尽早让大家的生活恢复安宁，请大家信任我们！"

麦克·阿德尔森朝现场所有人深鞠一躬，跟发言人耳语几句后走下讲台，随后在工作人员的护送下从直播厅的侧门匆匆离去。

3 拯救行动

"维特号"太空基地主舱内。

陈择英看完新闻发布会后久久没有说话。身旁的助理朱妍和工程师曲铭勋也都不敢说话，生怕惊扰了总指挥。难以想象失去家人的他此刻心里有多痛苦，家人曾是他离开他所钟爱的太空防御事业的唯一理由，而今这个理由不存在了——以一种谁也不愿看到的方式。

陈择英起身离开会议桌，走到主舱舷窗边，俯瞰着那颗美丽的蓝色星球。十几年来他几乎每天都从这里遥望地球，那是人类在宇宙中的唯一的家，美得如诗如画，给身处冷寂太空的人们一个温暖牵念。有了女儿之后，萦绕在心的不仅仅是思乡，还有时时刻刻的骨肉情系。他在视频通话中看着女儿一点一点长大，当女儿会说话了，能叫"爸爸"了，他决定退役，他已经为事业牺牲太多，也亏欠家人太多，是时候补偿了。

他曾拍过很多地球的照片传回给妻子，让她拿给女儿看。女儿很喜欢那些照片，照着画了不少水彩画，经常因此弄得满身颜料。虽然她画的地球总不太圆，看起来像一颗土豆，但颜色却涂得挺漂亮。妻子说女儿有绘画的天赋，将来会是一个画家。陈择英不会画画，妻子孟凡也不会，不但不会，连一点兴趣都没有，不知道女儿这基因是从哪里来的。但很快孟凡就发现女儿不是对绘画有兴趣，而是遗传了爸爸的宇航员基因，对飞翔和太空生活感兴趣。她只画地球，后来还要在地球旁边加一朵蘑菇，说那是"维特号"。她向往飞行的感觉，经常在视频通话中问爸爸飞是什么感觉。陈择英告诉女儿，在太空中的感觉不是飞，而是漂着，就像漂在大海里那样。

女儿又爱上了海，对她来说那是地球上的"太空"。于是孟凡经常带着她乘坐游轮出海。出事前一天的视频通话中，孟凡抱着女儿跟陈择英说第二天要出海，女儿兴冲冲地跟爸爸比画着大海的大，还说要妈妈陪着下水玩。谁知道母女二人竟真的下了水，永不再上来。

陈择英曾担心女儿会跟他一样，先是做飞行员，再做宇航员，走上一条孤独之路。他从未想过，女儿竟连长大的机会都没有。在飞翔和漂浮的想象中，她幼小的生命永远定格。

泪水模糊了眼睛，舷窗外的地球变形了，像女儿画的画——斑驳的云层、蓝色水晶一般的海洋、弯弯绕绕的大陆轮廓……

宇宙没有善意，也没有恶意，一切都只是巧合，但这个巧合却让陈择英拦截"2160HW"小行星的行动带上了复仇的意味。

陈择英拭干泪水，转身回到会议桌旁，看着桌上那支长约一米的尖吻导弹，对曲铭勋说道："开始吧。"

"嗯。"曲铭勋调出导弹构造图给总指挥做着讲解，"这是我们唯一能用的反物质导弹，别看它小，威力足以将小行星炸毁，但在目标物信息不明朗的情况下，还是存在风险的。"

陈择英点点头，向朱妍问道："导弹要刺破小行星岩层，进入内部爆破，你查到小行星物质组成的资料了吗？"

"资料太简单，等同于没有。这颗小行星发现于2160年，此前我们的近地小行星数据库里没有它，我怀疑以前它是一颗主带小行星，闯入了近地轨道。"

"发现者是谁？"

"霍金。"

"我听说过这个人,以前是中国近地天体防御中心的研究员。"

"是的,行业里公认的天才,但性格不太合群,后来从中心辞职了。"

"能联系到他吗?"

"联系过,没联系到。"朱妍说,"即便找到他也没有太大用处,他把这颗小行星命名为'美夕',那是他女朋友的名字,看起来这又是一个浪漫的爱情故事,跟科研关系不大。小行星的具体形态需要太空望远镜追踪拍摄,由形态可大致判断出物质组成,但如果想要详细了解,还得靠探测器取样。"

"说这些已经不现实了。"陈择英转而向曲铭勋问道,"你有什么建议?"

"碎石堆型小行星的岩层密度不高,导弹应该能钉进去。只要钉进去五十米,就能保证这颗小行星被炸碎。我们得赌一回。"

提到岩层密度,陈择英想起一件事:"地球方面有没有对坠落的陨石进行成分分析?"

朱妍摇摇头:"日本那颗陨石引发了核泄漏,当地人全部撤离,不可能去找陨石碎片;南非弗里德堡市郊那地方很荒,也没人去找陨石碎片;至于落到中国东海的那颗,一来在海底找陨石完全不现实,二来也顾不上,都在打捞遇难者尸体……"

朱妍陡然意识到失言了,赶忙止住话头。

陈择英咬着嘴唇，眼神里闪过一丝疼痛，但转瞬即逝："辛苦打捞人员了，到这时候了仍在岗位上工作。"

他沉吟片刻，下了决定："眼下只能按照铭勋的推断来了。加速过程要再优化，反复确认，飞行过载过大容易造成早炸，反物质弹药可比一般爆炸物敏感得多，千万小心。"

"我会的，一直都在调整。"曲铭勋说。

朱妍调出赫歇尔太空望远镜的监控数据，说道："幸亏这架太空望远镜没拆除，不然我们只能靠太空战机的雷达捕捉目标，在太空环境中这太冒险了。随着距离的拉近，小行星的真实面目会越来越清楚。它的运行轨道我现在已经掌握得很精确了，正在导入您战机的系统里。"

"嗯。赫歇尔太空望远镜没有监控到那三颗陨石是我们工作的严重失误，明天的任务不允许有任何失误。"陈择英说道。

"不能这么说，那时望远镜观测方向不对，而且处于待报废的状态，我们也都处于待下岗状态，谈不上什么工作失误。"

朱妍说完话注意到陈择英的表情虽严厉，眼睛里却隐然有泪光。她这才想到从公事角度反驳他是可以，但因为监控不到位而导致他妻子和女儿的死亡，责怪几句也是人之常情。

"陈指挥，对不起……是我的工作失误。"朱妍赶忙改口。

"明天的任务不允许有任何失误。"陈择英又重复了一遍刚才的话，眼光望向舷窗外，"失误不起，这次是几十亿人的生命。"

此前两天地球上乱作一团。圣城耶路撒冷集聚了上百万犹太教、基督教和伊斯兰教教徒，他们拥往哭墙、耶稣殉难教堂和圆石清真寺祈祷，祈祷着神能够消除灾祸。在人类试图用科技力量阻止灾难发生时，宗教仍然是一部分人寻找慰藉的首要方式。与此同时反科学论调却销声匿迹，人们竖起耳朵也听不到关于反科学的只言片语，飞扬跋扈的黄金抛物会像是突然就人间蒸发了……

但混乱很快就停息了，所有人都转向关注那一场史无前例的电视直播。

7月2日早八点，"维特号"太空基地上的三名成员在太空战机发射舱集合。曲铭勋为战机做着最后调试，朱妍负责确认目标小行星的空间坐标和运行轨迹。陈择英静静地坐在座椅上，将所有可能发生的情况都在脑子里过了一遍。

完成了调试的曲铭勋跳下战机，走过来向陈择英敬了一个军礼："陈指挥，一切准备就绪，摄像头也装好了，起飞后直播即刻开始。"

"嗯，收视率应该不错。"陈择英站起身，回敬了一个军礼。

这个时候还有心情开玩笑，看来心态挺放松，曲铭勋和朱妍多了一份信心。

"希特"太空战机机身上有三个很大的英文字母"HIT"，中文常翻译为"打击者"，陈择英走到战机前，停驻了一小会儿，默默地祈祷着这仅有一次的打击能精准无匹。

半分钟过后，他踏上舷梯进入战机，舱门缓缓关闭。

当他戴上头盔时,突然感到一阵晕眩,四肢还有轻微麻木,犹如触电一般,他下意识地把手扶上操纵杆。还好,晕眩感并没有持续下去,一瞬间就消失了,随后一切正常,他这才放松下来。这种情况在他身上从未出现过,也许是悲痛过度后的神经反应吧,但无论如何,箭在弦上不得不发。

两分钟过后,太空战机在电磁弹射器的作用下跃出基地,朝着茫茫宇宙进发。

地球上的电视直播信号开启,亿万双祈盼的眼睛都凝注在了陈择英一个人身上。

战机舷窗外星空灿烂,犹如无数细小明灯点亮亘古长夜。经过近一小时的高速行驶,机载屏幕上的球状坐标系里出现了几个小点,那是高速行进的陨石,速度在 30 千米/秒左右。陈择英原先准备绕到小行星轨道的侧方,避开一个角度射击,但那样的话射击难度会很大,爆破效果也不好,于是干脆正面迎击,这样风险虽大,效果有保证。

碎石堆型小行星一向被认为是最危险的陨石杀手,它不像独石型小行星那样只是一整块,它会分崩离析成一场陨石雨,防不胜防。尤其在它接近地球时,引力摄动会让它的结构不稳定,从而变成一架抛石器。太空战机极有可能在未到达预定投弹点前就被它抛出来的碎石砸中。那样的话,一切都将结束。

陈择英依照赫歇尔太空望远镜的观测信号和机载雷达信号小心翼翼地行进,陨石雨离他越来越近。眼下的行动难度在于——陈择英必须在陨石离他几千米处靠预判采取机动躲避,因为距离太近的情况下即使战机能做机动躲避,所产生的过载也是人体不能承受的。实际上"希特"太空战机能做100G过载的机动躲避动作,这个过载下人体的骨骼会被压碎。在宇航员牺牲的情况下,战机依靠人工智能程序仍能按计划执行任务,不过成功率将大大降低,面对"2160HW"这样体积的碎石堆型小行星,人工智能执行任务的成功率近似于零。陈择英不想把操作权让渡给人工智能,那意味着失控和失败。

从另一个角度来看,这种战术设置充分表明了太空战斗与空军战斗的不同——太空战士的生命远没有任务重要,而空军战士的生命通常都比任务重要。对太空战士来说,当情况过于紧急时,采取100G的过载做机动躲避牺牲自己保住太空战机是正常行为。

第一颗碎陨石从战机左后侧将近两千米处掠过,陈择英并不需要做避让。类似大小的陨石冲入地球大气层也没关系,还未落地就会燃烧殆尽,造不成任何伤害。

雷达屏幕上几个光点在逼近,其中一颗位置很正,陈择英做好了机动躲避的准备。果然,有一颗直径跟汽车轮胎相当的陨石直奔战机而来,被陈择英轻巧地躲过去了。

之后的三小时里,类似的险情又出现了十几次,陈择英都顺利过关。

赫歇尔太空望远镜一直在对小行星进行追踪拍摄,此时小行星的距离已经近到可以让陈择英看清它的全貌了。它像一只头角峥嵘满身是刺的石怪，跟"美夕"这个温婉的名字很不相称。地球引力撩拨着这头石怪，使它越来越躁动，不停有碎石从它身体上脱离，似乎再过几秒就要爆裂成无数碎石。

这时雷达屏幕突然侦测出一片小点，非常密集，朝战机笼罩而来。太空战机急速冲进陨石雨中，雷达已经用不上了，陈择英要靠肉眼来做机动躲避，这意味着他处在失控边缘。最危险的一次机动躲避他承受了9G的过载，眼前已经全黑，这是人体的承受极限。

战机在一阵剧烈震荡中平复下来，死神们从身旁掠过，如飞蛾扑火般飞向地球，它们将化作大气层中的灿烂烟花。

战机到达预定投弹点。陈择英确认了射程、目标距离等参数，启动导弹激活程序。理论上说，在智能系统的操控下导弹会自动捕获目标，打击精度非常高，但由于预设的速度太快，以致很难调整修正弹道，一切又都在未定之数。总之，到了这一步只能祈求上帝保佑了。

陈择英摒除杂念，按下发射键。

导弹离机点火，从机窗外可以看到一团尾焰在飞速远离，很快就缩小为一个光点，然后肉眼再也无法捕捉到。

原本就静寂无声的宇宙仿佛变成了凝固态——什么都没发生。陈择英心里一沉，难道没有打中？但紧接着他就从赫歇尔太空望远镜的拍摄画面中看到小行星化作一片橘红色的光芒喷薄而出！

"成功了，成功了！"一直不敢打扰陈择英的朱妍和曲铭勋在耳机里大叫着。

地球上所有人都在欢呼跳跃，劫后重生的一天变成了盛大节日。陈择英长出一口气，愣怔片刻后，抬手关闭了直播信号摄像头，然后把身子倚在椅背上，禁不住泪如雨下，像一个被遗弃在茫茫旷野中找不到家人的孩子。

7月5日下午，阿德尔森科技公司董事长麦克·阿德尔森陪同众多主管航天的政府领导和媒体记者等候在北京郊外的航天机场。下午三时许，"文明"号客运空天飞机载着陈择英、曲铭勋、朱妍三位太空英雄胜利归来。

曲铭勋第一个走出舱门，他形貌无甚特点，笑容倒是很讨喜，一看就是那种周身散发着蓝领气息的务实派技术人员；随后走出来的朱妍惹眼得多，容颜俏丽，眼神灵活，精气神儿十足；"维特号"太空基地总指挥陈择英最后一个走出舱门，记者们嘈杂起来，挨挨挤挤地把镜头对准了他。这位三十七岁的太空英雄气质冷峻，两鬓的白发为他平添了一抹沧桑。

工作人员扒开记者，清出一条路，众位领导上前跟三位太空英雄一一握手。随后陈择英发表了简短的讲话，他说了些套话，又说了好多次"谢谢"，看得出来有些倦怠。但在场的人依然深受感动，其实该说谢谢的不是陈择英，而是其他所有的地球人。

"你是真正的太空英雄！"讲话结束后，麦克·阿德尔森上前握住陈择英的手。

"谢谢您的栽培。"陈择英说道。

"'维特二号'太空基地的建造马上提上日程,顺利的话一年后完工。如果你愿意,可以继续担任新基地的总指挥,当然眼下最重要的是保养身体,多多休息,以后的事以后再说。"麦克·阿德尔森拍了拍陈择英的肩头。

陈择英点了点头,他已经没有别的念想了。

一辆医护车等在不远的路旁,麦克·阿德尔森陪同着三位宇航员一起上了车。三人都要第一时间去到专门的医疗机构做体检,尤其陈择英更需重点检查,正反物质湮灭释放的高能伽马射线对人体细胞伤害很大,即便在有防护的情况下也不容忽视。

车子发动,记者们的闪光灯在后面追着闪着,一直送着车子开远。

等到车子四周都没人了,麦克·阿德尔森把手按在陈择英手上,低声说道:"节哀,人死不能复生。"

这位商业大亨精于人情,自然知道陈择英短时间内白了头是因为什么,绝不会是被拦截小行星的任务给愁的,在专业技能上陈择英具备常人难以企及的自信,是失去家人的悲痛让他变成了这个样子。

"是,人死不能复生……"陈择英喃喃道。

"半年前你执意要退役,我虽然不同意,但也很能理解你想回来陪伴家人的心情。"麦克·阿德尔森长叹了口气,"唉,谁能想到……"

"也许真有天意。"陈择英摇摇头,"我跟这颗小行星是注定的冤家。"

"不要太难过了,我一辈子没组建家庭,不也过得好好的?追逐事业和追逐金钱照样会让人活得充实。"

"那不一样,拥有了再失去,跟没拥有过不一样。"

"那你就要学会骗自己从未拥有过。"

"这……很难。"陈择英看着车窗外倏忽而过的风景,叹息道,"……真的很难。"

"换个思路。就像这车窗外的风景一样,过去就过去了,你必须往前看。"

"谢谢您的好意,我会走出来的。"陈择英说道,"但亲情不是风景,是长在心里的,过不了。"

"你看看窗外的天空。"麦克·阿德尔森指向车窗外的上方。

陈择英转过头仰望着车窗外高远的天空。今天天气晴好,长空如洗,几片细碎的云块像绣在蓝色纱巾上的白玉兰花。

"看到了什么?"

"我看到了……"陈择英顿了一顿,说道,"宿命。"

"这就对了,你原本就是属于天空的。"麦克·阿德尔森笑了。

4　林美夕

二十天后。

夕阳将落未落,在西天烧出一片深红的晚霞。陈择英戴着墨镜,看到天空仿佛要流下血来。

面前一大一小两座墓碑,他躬身把一件崭新的儿童仿真太空服放在小的墓碑前面,又把怀里的一捧白色郁金香放在大的墓碑前。风吹过,墓园内的衰草簌簌作响,如泣似诉。

"安息,天堂里没有灾难。"他口中轻轻念着,把手抚上胸口。

赵一宁院士站在他身后不远处,白发被风掀动,脸色说不出的苍老憔悴。他静静伫立,凝望着学生的背影,学生的痛苦他感同身受,到了他这个年纪,对世事无常的体会比年轻人要深得多。

陈择英祭奠完毕,转身来到赵一宁院士身前:"导师,我们回去吧。不好意思,让您陪了我这么久。"

"刚刚又来消息了,学院领导要我出面请你回校做讲座,我估计你没心情,替你推掉了。眼下也只有我能陪陪你了,他们满脑子想的都是庆祝。" 赵一宁院士叹了口气。

"活下来的人应该庆祝,我不能拉上其他人一起悲伤。"陈择英露出一抹苦涩的笑,"不过您推得对,我是没心情。"

"你也推掉了所有的媒体采访,我不是说这样不对,但你总得走出来,不然对身体也不好。"

"没事，体检结果一切正常。"

"两回事，心病久了最伤人。"

"没事……"

"唉……"赵一宁院士看了眼沉下去的夕阳，说道，"不早了，走吧。"

师生二人踏着石径小路往回走，不发一言，脚步声异常清晰。

赵一宁院士的手机又响了，他拿出来看了一眼，又看了看并肩走着的陈择英的侧脸，欲言又止。迟疑片刻后，他还是决定说出来。

"择英啊，有个事情要跟你说一声，我已经憋了好几天了。"

"哦？导师您有事情尽管说，不用总想着照顾我心情，弄得我都有负罪感了。"

"有一个记者一直在找你。之前因为你拒绝媒体采访我就没跟你提，不过这记者挺执着，几乎天天发消息来，这会儿又来了。"赵一宁院士说道，"她叫林美夕，这名字你有印象吧？"

陈择英想了一下，说："不记得有这么个人。不过去掉姓氏，'美夕'这个名字我当然知道。"

"就是她，你拦截下来的小行星就是以她的名字命名的。"

"哦？她有什么事吗？"

"她想找你，但苦于没有路径，就找到我这里来了。最近这样的媒体很多，知道你拒绝采访，又都以为我能说动你，就都往我这里扑。不过这个林美夕有些特别,她要跟你确认'2160HW'小行星的轨道,还有一件失踪案要追查。"

"小行星已经炸毁,轨道还有什么好确认的?失踪案也应该是找警察,怎么能找到我这里来?"

"我也是这么回复她的,但她不肯罢休。"赵一宁院士摇摇头,苦笑道,"这女孩也是真拧,非要说陨石事件是个阴谋,还说这个阴谋与她要查的失踪案有关,失踪的是她前夫。"

"陨石事件怎么可能是阴谋!"陈择英顿了顿,问道,"她前夫就是霍金?"

"是的,著名天文学家,也就是你拦截下来的那颗小行星的发现者。"赵一宁院士说道,"林美夕是美籍华人,为了这件事要专程来中国一趟,明天就到北京。不管你答不答应见她,她都会想方设法去找你。所以我还是把这件事告诉你吧,至于见不见,你自己拿主意。"

"嗯,把她电话给我。"陈择英拿出手机,"我来约她。"

第二天中午,学院辅路西米咖啡厅。

这间咖啡厅店面不大,布置简易,格调幽雅,店内只有三两位客人,清清静静的。陈择英穿着一身运动休闲装,戴着一顶鸭舌帽,把帽檐压得低低的,找到一个靠窗的位置坐下,在餐桌上的点餐系统里点了一杯卡布奇诺。他对面是电视墙,为了怕打扰客人,店员把声音调得很低，几乎听不清什么。此时电视上正播报新闻，字幕上显示说黄金抛物会的理念遭遇质疑，组织内部发生内讧，画面上闪过黄金抛物会一号首领卡洛斯以往几次讲话的片段。

陈择英是反恐队出身，对这个反科学恐怖组织一直都在持续关注，他侧着耳朵努力去听，却陡然听到一声刹车的尖啸，接着是两声枪响。声音来自屋外街道，陈择英探身看向窗外——一辆橙色小汽车跌跌撞撞地刹停在咖啡厅门口，车身冒着烟，显然已被击中。尾随而至的一辆黑色汽车也跟着刹停，几名身穿黑色皮衣、戴着墨镜的人端着枪下了车。

咖啡厅的门被猛地扑开，一个女人几乎是横着飞了进来，重重地磕到地板上。一发子弹"砰"的打在她身侧，地板被击穿了一个大窟窿。一个粗重的男声在门口吼道："小心，要活的！"

咖啡厅的服务生听见响动，本来还缩头缩脑地想出来看个究竟，被枪声一惊，吓得把托盘盖在头上蹲进了吧台后面。靠门座位上的一对情侣模样的男女也反应神速，两条蛇似的出溜到了桌子底下。

女人撑起身抱着她的挎包连滚带爬地撞出去四五米，远离了正对门的危险区域。她抬头搜寻着，一眼认出了陈择英，几步跑到了陈择英的桌旁。

"陈指挥您好，我是林美夕，不好意思……居然是以这种方式见面。"女人不停气喘。她二十几岁，五官俏丽中带着一股英气，不过眼下实在太过狼狈，满脸汗湿，头发黏在脑门上绞成一缕一缕的。

"外面是什么人?"

"不知道,下了飞机后我租了一辆车,然后他们就跟踪我,要拦我……"

话未说完,四个黑衣人从外面蹿了进来,个个都端着枪,身形彪悍。

陈择英站起身径直迎上前去。为首的领队模样的黑衣人一个愣怔,他认出了陈择英,把枪口垂了下来:"陈指挥您好,打扰您喝咖啡了,我们在执行任务。"

"什么任务?"

"我们要捉拿一个人。"黑衣人用枪指了指林美夕说,"就是那个女人。"

"那是我朋友。你们是什么组织的,凭什么抓她?"

黑衣人神色一变:"……陈指挥,您不要为难我们。"

"不是为难你们,只是要一个理由。"

黑衣人显然不是警方的人,拿不出逮捕证,他也不太擅长口舌之辩,说了句"稍等",转身往咖啡厅门外走去。陈择英透过窗看到他站在街边掏出手机拨了一通电话。

几分钟过后,黑衣人重又跨进门来,神情笃定。陈择英估计他已经从他的上级那里得到了指令。

"陈指挥,我们不会伤害这个女人,只是请她回去配合调查一些事情，请您体谅。"黑衣人仍试图交涉。

陈择英心知这是先礼后兵，冷冷说道："不行。"

"陈指挥，您是公众人物，碰着伤着都不好看，我们也不想惹麻烦。"

"不想惹麻烦就请你们出去。"

黑衣人见道理说不通，陡然近身，探臂要拨开陈择英。陈择英早有防备，侧身抓住他的手腕，托着肘底往前一送，黑衣人合身扑到旁侧一张咖啡桌上，砸得桌上杯碟乱响。

另外三名黑衣人也扑了上来。店内地方狭窄，只有一人抢在了前面，他举着枪作势欲砸，陈择英闪身避过，一个中段扫踢鞭中他侧腹。黑衣人连退几步，捂着肚子疼得叫不出声来。

后面一个黑衣人干脆扔了枪，潜身来拿陈择英的双腿要做抱摔。他的战术很对头，多对一的打斗只要拖入地面，人多的一方就绝不会输。可他没料到陈择英的反应速度竟如此之快，向后连撤三步，一个前顶膝正磕中他下巴。黑衣人眼前一黑，被惯性带倒在地。

陈择英没下死手，从黑衣人扔枪的动作他也看出来了，这群人只是想抓人，并不想伤人，在没弄清楚原委前他尽量避免把事情做绝。

仅剩的那个黑衣人也准备冲上来，被他的领队伸手给拦住了，领队强笑道："陈指挥，不愧是反恐队出身，我们后会有期。"他扭头朝另外三人喊了声"收队"，四人齐齐退离咖啡厅。

等到外面车子发动走远，林美夕这才来到陈择英身边，面带歉疚之色地说道:"陈指挥,谢谢您的帮忙,真是不好意思,刚见第一面就给您添麻烦。"

"用不着说这些。"陈择英环顾了下四周,"这里已经不是说话的地方了,跟我来吧。"

陈择英带着林美夕走出咖啡厅,一出门就看到那辆橙色小汽车歪歪扭扭地停在那里,车身还在冒着烟。

"能在严密跟踪和火力控制下把车开到这里,不简单。"陈择英说。

"我是一名业余赛车手。"林美夕说。

陈择英有些讶异地转头看向林美夕,这个女人似乎真没那么简单。

5 霍金失踪案

陈择英家中的客厅布置成了一个小型灵堂。妻子和女儿的遗像挂在墙壁上,遗像正下方的桌子倚着一个大花圈,桌面上有一堆儿童玩具。最上方悬挂着黑色挽幛,写着"永思吾爱"四个大字。

陈择英把林美夕让到沙发上坐下,给她沏了一杯茶。

"陈指挥,您身体还好吧?"林美夕小心翼翼地问道。

"很好。怎么了？"

"我看您在社交媒体上说身体有点小问题。"

"哦，那是为躲避采访找了个理由。"陈择英呷了一口茶，"来聊正题吧。你之前说过小行星拦截事件是个阴谋，还说要跟我讨论小行星轨道，是什么意思？"

林美夕把刚端起来的茶杯又放下来，很严肃地说道："霍金是那颗小行星的发现者和追踪研究者，他可没说过那颗小行星会撞上地球，他在小行星轨道预测方面是个天才。"

"这就是你的依据？"

"是的。"

陈择英哑然失笑，闹了半天林美夕并没有切实的证据，仅仅是出于对霍金的盲目信任才抛出这么个石破天惊的论调。

"林小姐，不管霍金是怎样的天才，小行星事件已经是事实了，是我的亲身经历。"

"嗯，我们暂且先放下这个话题，我来找您是有一件更要紧的事。"林美夕无意跟陈择英争辩，直接说出了她此行的目的，"霍金失踪了，我希望能得到您的帮助。"

陈择英不是警察也不是私家侦探，失踪案这种事本轮不到他管，但霍金是一位卓越的天文学家，跟他算半个同行，因而他也颇为关心。他首先想到的就是任务前一天跟朱妍的那番对话，朱妍曾提及过联系霍金的事。

"在三次陨石事件发生后，我在太空基地上的助理曾联系过霍金，也没联系到。你什么时候发现他失踪的？"

"两周前，但他失踪应该有一段时间了。我打听过了，他的朋友联系不到他已经有半年左右了。我跟他离婚一年多，我在美国住，平时跟他联系很少。"

"对他的失踪你有什么猜测吗？"

"有，我怀疑是黄金抛物会干的。"

"嗯，理由呢？"

"霍金原来是中国近地天体防御中心的研究员，虽然身上没有行政职务，为人也很低调，但因为业务能力突出，在圈内名气很大。虽然他跟顶头上司的关系处得不算好，但他后来辞职并非如外界所传是由于人际关系的原因，更多的是考虑到躲避黄金抛物会的追捕。黄金抛物会内部的一个精神规划师曾警告霍金不要再从事天文学研究，否则就对他动手。霍金跟我都不是怕事的人，但当时我已经怀孕了，为了孩子还是选择了妥协忍让。辞职后，我们一起去到一座名为'凤凰岛'的小岛上生活。后来我们分手了，我带着孩子回到美国，把霍金一个人留在岛上，想想也是我不对，我不该这样……"林美夕双手抱头，脸上满是凌乱而懊悔的神色。

"搬到岛上后，霍金放弃了天文学研究吗？"

"怎么可能放弃？！那是他的命。但既然他已经不在官方天文研究机构任职了，就不能算是专业研究者了，这已经在按照黄金抛物会的要求做了,黄金抛物会再对他下手就太卑鄙了。"

"嗯,你报警了吗?"

"没有,几年前收到黄金抛物会的威胁后我们就申请了警方保护,但警察很敷衍。最近几年已经发生了几十起顶级科学家绑架案,一起都没有破案,报警了又有什么用呢。黄金抛物会最可怕的不是他们的暴力,而是所谓的'精神规划力',除了少数掌握着大量社会财富的精英阶层和少数对科学事业执着坚守的科学家,很多普通人对黄金抛物会的认同感很强,估计警察内部这种人也少不了。"

林美夕说的一点也不夸张,黄金抛物会深刻地改变着人们的价值观,对既有社会秩序的冲击是颠覆性的。陈择英最感欣慰的是在拦截小行星行动成功以后,黄金抛物会的气焰收敛了不少。

林美夕跟陈择英想的一样,说道:"不过自从拦截小行星成功以后,黄金抛物会有自动瓦解的迹象。科技的力量拯救了人类,这是黄金抛物会抹杀不了的事实,因而他们现在的处境太过尴尬。据我所知,黄金抛物会里的几位主干精神规划师都反戈了,而精神规划师其实是这个反科学组织里的灵魂人物。一旦黄金抛物会对民众的精神规划失效或者哪怕仅仅是削弱,组织都离崩溃不远了。"

陈择英接道:"组织崩溃是好事,但对于已经被他们抓捕到的科学家来说未必是好事。最好的一种可能是他们放人,落个宽大处理;最坏的可能是他们死抓着人质不放,甚至以撕票相要挟,死扛到底。"

"是啊,如果他们要死扛到底,可能就会杀掉几个科学家来震惮政府，那就很危险了！"林美夕想到这里更加担心起来。

"刚才跟踪你的会不会就是黄金抛物会？"

"很有可能，我也是这么想的。"

陈择英以前是做过反恐工作，但眼下他实在没心情管这件事，妻女的离世和经年累月在太空基地上的工作已经让他身心俱疲了。面对着林美夕恳求的目光，他只能狠狠心拒绝。

"好了，情况我已经了解，但我想……你还是应该报警，我实在爱莫能助……"

"陈指挥，我之所以找到您并不是只想借助您的能力和威望，而是因为这件事也可能跟您有关。"

"跟我有关？"

"是的，我怀疑那颗小行星并没有被炸毁。"

"这太荒谬了，你的依据呢？"

"霍金私下里一直在研究这颗小行星，他已经精确掌握了这颗小行星的轨道，早就推算出这次小行星光临地球的具体时间。这个日子我记得太清楚了，因为正好就是我儿子的生日，就在明天。一年前我们全家人约定明天在凤凰岛上重聚，不过因为突发了霍金失踪事件，我这次没带儿子来中国。"

"我明白你的意思。按照霍金之前的推算，小行星明天会飞掠过地球？"

"是的。"

"这跟我们的推算并不矛盾,我记得没错的话,我们的推算也是最近几天,好像就是明天。不过由于引力摄动的原因,它撞向了地球。"

"它不会撞向地球。"

"为什么不会?"

"因为霍金没说会。"

又绕回来了,陈择英苦笑一声:"林小姐,你对于霍金完全是不顾一切的盲信。我相信这世界上有天才,但我不相信这世界上有谁能预测未来。如果整件事是一个阴谋,那么我就是阴谋的执行者,你来找我又是为了什么?你这不是往枪口上撞吗?"

"您绝对不是阴谋的执行者。"

"为什么?"

"因为没人肯为一个阴谋付出那样的代价,哪怕苦肉计也不是这么用的。"林美夕的目光看向孟凡和诺诺的遗像,停驻下来。

陈择英心头一疼,林美夕这话对他来说太过残忍,但不得不说,从逻辑上分析这很正确——没人会用妻子和女儿的生命来换取其他的什么好处。

"陈指挥,您不但不是阴谋的执行者,还可能是受害者,我也是受害者,这就是我来找您的原因,我们应该成为战友。"

"林小姐,你很擅长说服别人,但你的逻辑有漏洞。你也说过幕后操作者可能是黄金抛物会,那么小行星事件也是他们造的假喽?他们这不是搬石头砸自己的脚吗?再者说,他们怎么造假?太空基地可是我的地盘。"

林美夕无以作答,沉默了半晌,喃喃说道:"不,我不能让我的孩子失去爸爸,绝对不能。虽然霍金只顾他的天文学研究,不近人情,但他毕竟是我孩子的父亲,我不能让他就这样没了下落……"

陈择英看她那略有神经质的样子,心里有些发酸,他自己刚经历家破人亡的痛苦,自然更有感触。

"陈指挥,您陪我走一趟吧,我们一起去凤凰岛,一起去霍金的住所看一看。那里有天文望远镜,也有最先进的天文分析系统,正可以验证小行星到底在不在。我感觉它还在……"

"感觉?逻辑上这根本不成立。"

"成不成立要靠事实说话。"

"那颗小行星已经被我用反物质导弹炸毁了,这就是事实。"

"真正的事实不怕反复求证,我们再求证一遍。"

"林小姐,你就直说去霍金的住所查访失踪案现场就行,何必牵扯上小行星的事?"

"这两者并不矛盾。"

陈择英无奈地摇了摇头,但突然间就下了决心:"好,我陪你去。"

"嗯，谢谢您！"林美夕眼睛亮了。

城市的另一头，一间略显幽暗的屋内。

四名被陈择英阻挠了任务执行的黑衣队员正在跟他们的上司复命。那是一位身形高大、戴着黑色皮制礼帽的男子，正坐在椅子上慢悠悠地抽着一支雪茄。

"四个大男人开车追一个女人，居然没追上？"

"不……不是，我们没跟丢，是因为陈择英的插手才……"

"陈择英？老鹰到了陆地上就变了老虎？"

"麒麟队长，您说过让我们不要伤害陈择英，所以我们不敢开枪。"

"我说制服他，但不要伤害他，你们制服他了吗？"

麒麟有些愠怒，四名黑衣队员把头低下，不发一言。

"好了，我也不怪罪你们了。"麒麟抽了一口雪茄，说道，"执行Ｂ计划，守株待兔，在凤凰岛真理屋外加强布防，一定要把这女人活捉。我估计她不会久待，会立即行动。"

"如果陈择英也跟着去了凤凰岛怎么办？"

"他眼下赋闲在家，说不定还真就管了这件闲事。"麒麟想了想，"这次带上猎警机器人，让机器人制服他。记住，要制服，不要伤害。他是红人，我们得罪不起。"

"是！"黑衣队员们口中答应，心里暗暗叫了苦。

6　禁闭

霍金喜欢这种广阔到看不到尽头的湖泊,让他想起来了海,不过湖泊比海宁静,更适合平复他此时的心境。远处的湖边厅廊傍水而筑,在朝阳下被撒上一抹光辉,再往远处是连绵的群山,山顶上还有皑皑白雪。

这是今早刚换的一副景色,他很满意,但沉浸其中两个小时也有些腻了,他拿起遥控器,准备把景色切换到太空中去。这时身后突然响起人声:"哟,难得,会享受自然风光了。"

霍金回身看去,一个高大的黑色身影从一片柔光中穿过,立定在他前方五六米处。

霍金呵呵一笑,席地而坐。他胡子拉碴不修边幅,看上去比半年前衰老了很多,眼神却依然桀骜。

"怎么样?最近还行吧?"黑衣人也席地而坐,距离霍金只有两米不到,但其实中间还隔着一层透明度极高的特制玻璃。

"认识半年多了,你还没告诉我该怎么称呼你呢。"霍金说。

黑衣人拿出一根雪茄点上:"叫我麒麟吧。说,找我来有什么事?我听卫兵说如果我不来,你就闹着要自杀。"

"嗯。"霍金答应一声,目光瞥向身侧几米处,那里有一个玻璃橱柜,里面安放着他那个宝贝望远镜,"把我的天文望远镜封存起来,每天给我看虚拟的太空景色,半年了都。"

"哈哈，憋屈了？"麒麟笑了，一个烟圈袅袅上升，"这不给你换自然风光了吗？"

"那不一样。"霍金摇摇头说道，"我不知道你们把我关在了哪里，但我知道今天的日期，我是一天一天数着过的。今晚对我来说太重要了，我有个请求，希望你能答应我。"

"请说。"

"今晚有一颗小行星要光临地球，我想用我的天文望远镜做观测，可以吗？"

"这我得请示一下我们老板。"麒麟说道，"不过事情已经过了，应该可以。"

"什么事情？"

"这你别问。"麒麟笑得有些诡异，"我们老板很重视你，实际上这半年来对你的所有处置措施都必须经过他的同意。"麒麟指了指虚拟景色，"包括每一幅景色，都得先过他的眼。"

"感谢你们老板对我的关照。"霍金语带讽刺地说，"作为一个反科学组织，你们用各种高科技手段供奉着我，我真得感激你们，不容易。"

麒麟紧吸几口，把烟掐灭，站起身来说道："事先给你提个醒，今晚见到任何出乎你意料之外的事，都不要慌张。待会你先吃晚饭，我去请示老板，给你安排天文观测的场地。"

"谢谢。"霍金平静地点点头。

两小时过后，麒麟如约而至，带着两名手下来到禁闭室。霍金刚刚吃完饭，看到麒麟来了，忙收拾好碗筷等候消息。

"恭喜你，老板同意了。"麒麟指使两名手下将禁闭室的门打开，又拿钥匙将玻璃橱柜打开，将天文望远镜取出，"老板不但同意让你观测小行星，还想跟你聊聊。"

"想给我洗脑？哦，不好意思，你们的术语叫作'精神规划'是吧？行，我跟他探讨探讨。"霍金站起身来。

在两名黑衣队员的押送下，霍金跟着麒麟穿过走廊，步入一座电梯内，不到半分钟电梯就升到了顶层。四人出了电梯，霍金骤觉一阵微风吹来，虽然混着暑热，空气依然新鲜到让他想张着嘴大口呼吸上半小时。举目四望，天色已然全黑，但仍可看出这是一栋大楼的天台。

"这里光污染小，今天天气也算配合。"麒麟指着那台望远镜对霍金说，"挑个位置，你说望远镜放在哪里。"

霍金四下里瞧瞧，指定了一个位置。黑衣队员帮忙把望远镜安放在了那里。

霍金把脸凑到望远镜的身份识别器上，人脸识别和脑电波解锁启动，望远镜开启。

他在心里默念着："美夕啊美夕，你一定要赴约。"

他将手抚上望远镜准备操作，却听到麒麟喊了声："且慢。"随即又听到麒麟朝另外一个方向恭恭敬敬说了声："老板，您来了。"

一个身影从浓黑如墨的夜色中走来，无声无息，却带着一种强烈的压迫感。

直到这个身影走到霍金身前一米处时，霍金才辨认出了他的相貌，发出"啊！"的一声惊呼。

7 真理屋

位于中国北方黄海海域的凤凰岛距离海岸线五海里，曾经被旅游地产开发商形容为大海里一块玲珑的珠玉，但此时远远看去寂寞冷清，更像一枚被遗弃的棋子。

待到夕阳沉入地平线，天色擦黑，陈择英和林美夕驾着一艘海陆空三栖小艇径奔凤凰岛而去。这种小艇是海军陆战队用的登陆艇，速度极快，行进时破浪声很小，在晚上很难被发现。

十分钟后，两人到达海岛，从一处沙滩登陆。林美夕带着陈择英朝一座废弃游乐园走去。

来之前林美夕跟陈择英做了简单介绍——岛上有座游乐园兴建了一多半就烂尾了，霍金自己出钱造了地下通道，使真理屋地下室直通游乐园的地下磁悬浮赛车迷宫，以便晚上去到游乐园做天文观测。那里有高墙与外界相隔，少人打扰。林美夕又是个赛车爱好者，闲暇时可以驾驶磁悬浮摩托车找找刺激。两人各得其乐,两全其美。

因为怕有人跟踪或是在真理屋外埋伏,林美夕建议从密道进入。

走了一段路,陈择英看到了摩天轮的轮廓,夜色下显得破败萧索。又过了一会儿,游乐园高耸的院墙出现在视野中。两人来到墙根下,将腰间的吸盘索启动弹出,抛至墙体靠上缘处,确定吸盘已稳稳吸住后拉住绳索往上攀爬。林美夕身手竟不比陈择英慢多少,顺利地爬上院墙,又用绳索从墙的另一边顺下去,进入游乐园内。

"地下赛车迷宫的入口在那边。"林美夕指了指方向,"童话城堡的北侧。"

"磁悬浮摩托还在吧?"陈择英问道。

"只有一辆摩托车。"林美夕说,"如果停在家里,我们就只能走路穿过迷宫了,有点远。"

二人走过童话城堡,又继续往北走了三十余米,发现了一个斜插入地下的直径约五米的圆形洞口,洞口的门是封闭的。

"洞门安装有身份识别器,只认我跟霍金两个人。"林美夕站到门前,人脸识别加脑电波解锁后识别器的绿色进度条迅速满格。门开了,洞内照明灯即时亮起。门右侧摆放着一辆黑色的超导磁悬浮摩托车,车身上呈几何图案分布的内嵌炫光灯也被触发,彩光闪动,煞是好看。

"太好了,摩托车停在这里。"林美夕走上前去爱抚着车身,旋即想到一件事,苦笑道,"我走后霍金一直都是步行穿过迷宫的,抱着天文望远镜,多沉啊,这个傻瓜……"

"他为什么不骑摩托车?"

"不会。"

陈择英彻底无语。

"陈指挥,我载您,您坐后座。"林美夕指着摩托车头屏幕上的地图说,"磁悬浮轨道的前半段是几个弯道,在弯道上必须把速度加到达标线才有资格进入后半段,这前半段考验的是驾驶基本功;后半段是个迷宫,考的是脑力,不熟悉的人可能会被困在里面几天也转不出来。"

林美夕取下车把上的两个头盔,分给陈择英一个。她自己也戴好头盔跨上摩托车,陈择英坐上后座,车子缓缓启动,驶入磁悬浮轨道。

"陈指挥您坐好了!"林美夕提速,摩托车在轨道上飞驰起来。

林美夕果然是高手,车速渐渐加快到了接近人体神经反应速度的极限。这是一项技术难度超高的运动,作为科学家的霍金不会也情有可原。陈择英注意到每当车子驶入直道、车速提高时,轨道边壁都会呈现高仿真的宇宙星空图,而当转弯车速慢下来时星空图就会熄灭消失。他猜想这应该是一种触感视景系统——磁悬浮摩托车高速行进时,气流会触动边壁的感应器,启动视景系统;而当摩托车行进速度减慢时,气流也会相应减弱,视景系统就无法启动。

林美夕最厉害之处在于每过完一个弯道都会将车速继续拉升,

到最后即使是转弯时的较慢车速也足以启动视景系统。

视景系统效果极其逼真，凭肉眼根本无法跟真实的太空景象区分开来，即使是陈择英这样的专业人士也做不到。于是两人面前铺陈开了极其唯美壮丽的一幕——无垠的太空中只有一条白练似的弯道延伸到远方，周边群星闪耀，一辆太空摩托在浩瀚宇宙间沿着弯道疾驰，犹如要驶向时光尽头。这种感觉太神奇了，连身为宇航员的陈择英都为之心旌摇动。

弯道陡然插入一个乌黑乌黑的所在，摩托车沿着弯道一头扎进去，像被吸入了黑洞。紧接着视野陡然亮起，一座巨大的银色宫殿出现在前方，那宫殿平行分布着十几个入口，林美夕毫不犹豫地朝其中一个冲刺而去。随后陈择英就发现他们闯入到了一座庞大的迷宫内，迷宫边壁五彩炫目，各种形状不一的洞口时不时地出现在前方和侧方，林美夕娴熟地穿梭于各个洞口，流畅到像是在做一场把握十足的表演。

这期间坐在后座的陈择英也没闲着，一路默记着行进路线，这是他在银河飞行学院受训时养成的习惯——到了一个陌生的地方，首要的事情就是记路，这是一名战士的基本素养，有时更会成为保命和制胜的关键。

十几分钟后，林美夕将摩托减速直至停下，她已经成功到达出口。前方是一道闭合的圆形金属门，林美夕跳下车去到门前，人脸识别加脑电波解锁后身份识别器绿色进度条满格，金属门滑开，门内呈现出一条有着向上坡度的地下通道。林美夕回身上车，载着陈择英缓缓地沿通道前行，一会儿的工夫前面出现了一个拐弯，拐过来二十米开外有一道方形金属门，是居家的那种普通门。

"到了。"林美夕跳下车来，去到金属门前做身份识别，之后推门而入。陈择英跟在她后面走了进去。

林美夕打开房灯。陈择英看到这是一间墙体全是金属涂层的密闭式屋子，面积大概有两百平方米，正中间是一个很大的实验桌，上面摆着各种电脑和仪器，东南角有一架小型升降梯。

两人在实验室里转悠了几圈，没发现什么异样。陈择英用食指指肚在实验桌上刮擦了一下，擎起手指一看，一层薄薄的灰尘。

"霍金平时很注意保持这里的清洁吧？"陈择英问。

"非常注意，他自己可以一星期不洗澡，但实验室绝不能一天不干净。"林美夕也照着陈择英的样子刮擦了一下实验桌，擎起手指看着那层薄薄的灰尘，表情黯淡下来，"他人不在这里。"

她之前是存过侥幸念头的，现在已彻底破灭。

"不要急着下结论，我们再到上面看看。"陈择英指着屋内东南角的那架升降梯问，"这个是通向上层的电梯吗？"

"是的，通往我们的卧室。"

两人乘着升降梯来到卧室，走出来后陈择英才发现升降梯的厢体被设计成了一个衣橱的样子，而且还是木质的，很隐蔽。

长久没人居住的屋子有一种荒芜的气味。林美夕愈发绝望，连呼吸都在颤抖,她摸索着要去开灯,被陈择英拉住了:"外面可能有人,屋里有灯光容易被发现。"

陈择英打开电筒,在卧室里扫了一通。床头桌上堆着一摞书,床上被褥铺得好好的,床对面是一个立式衣帽架,挂着几件衣服,此外别无他物。

"再到客厅看看去。"陈择英推开卧室门。

客厅也是一样的简单——古朴的沙发、茶几,一些毫不起眼的小饰品,最惹眼的就是墙上挂着的那幅隶书大字"真理屋"。

林美夕打开电筒去到阳台查看。那盆吊兰叶子乱蓬蓬地垂到地上,蔫得如枯草一般,已经死了。霍金在的时候对它一向精心照顾,绝不会让叶子长得到处都是,更不会让它枯死。座椅还在,摸了一把,也沾了不少灰尘……不对,还少了一样东西,林美夕猛然想到——天文望远镜不见了!

她急忙招呼陈择英过来,说道:"以前这里放着天文望远镜,不见了。"

"会不会是霍金自己搬到别的地方了?"

"这……"林美夕脑内灵光乍现,急急说道,"快,我们立刻回到实验室。"

说完话她转身快步返回卧室,陈择英跟在后面,不明白她有什么用意。

真理屋外埋伏有八名黑衣队员和两台最新型的追捕机器人——猎警一号和猎警二号。黑衣队员们佩戴有红外热成像镜，以便在夜间光线晦暗时发现和追踪目标；两台猎警机器人则录入了林美夕的声音样本，即使在远距离或者有障碍物的情况下也能识别林美夕的声音，并以最快时间获取方位信息。

猎警二号离真理屋最近，它探测到了屋内的人声，但这声音太微弱了，无法完成声纹识别。它又朝真理屋方向走近了十米，等待了几分钟，这次确定了，那个声音就是林美夕的，除她外还有一个男人。

猎警一号和八名黑衣队员的耳机里同时收到了猎警二号的消息，整队进入战斗状态。他们不知道林美夕是如何绕过布防进入真理屋的，但眼下这已经是既成事实，必须立即采取行动。

整队人默契而迅捷地从各个方向聚拢到了真理屋门前。黑衣领队看了看那把合金锁和身份识别器，没有其他办法，只能暴力拆除了。他向猎警二号发出指令，机器人上前启动高能激光束，半分钟就将合金锁烧熔。领队轻轻推开门，众队员轻手轻脚地鱼贯而入，两台机器人慢慢挪动着跟在后面，它们体型庞大，脚步声沉重，最容易打草惊蛇，更要加意小心。

真理屋地下实验室内，林美夕并不知道危险已经临近，正在电脑上紧张地操作着。

结果出来了，林美夕凑上去仔细看着，然后整个人都蔫了下来："天文望远镜上安装有定位系统，只要开机就能在这台电脑上显示具体位置，最后一次开机是在2164年的1月24日，已经是半年前了，位置在游乐园内，之后就从未开机。我原本以为能通过望远镜找到线索……"

她说不下去了，眼泪扑簌簌地流下。她又拿手背拭着泪，抽泣得像一个小女孩，跟刚才驾驶磁悬浮摩托车的那个女车手形象判若两人。

"别灰心，毕竟我们知道了案发的大体时间，这也是收获。"陈择英安慰道。他看着电脑屏幕上的定位信息，突然发现那个代表望远镜定位信息的灰色光标变成了闪亮的蓝色，然后界面弹出文字提示框：望远镜开机中……

"开机了，你看！"陈择英指着屏幕说道。

林美夕瞪大了还噙着泪的双眼盯着屏幕看，几乎不敢相信这是真的。

蓝色定位光标落入地图的中心位置，锁定完成，显示地址为：中国，北京市，岐山路11号，阿德尔森科技公司实验部大厦。

"什么！"林美夕大为错愕，"这……没弄错吧？望远镜在阿德尔森科技公司实验部大厦！"她转过头看着陈择英，"陈指挥，这个地方您知道吗？"

"不算熟悉，但去过两次。"陈择英也是满脸惊疑，"七年前我升任太空基地总指挥时阿德尔森先生就是在这栋大厦里设的庆祝酒会。"

"也就是说是阿德尔森科技公司偷走了天文望远镜，霍金现在就在那里。"林美夕说。

陈择英没有立即回答她的问题，他正在努力思索着阿德尔森科技公司作案的动机。

"这个望远镜上有身份识别器，而且是人脸识别加脑电识别，只能由霍金本人开启，所以霍金人肯定也在那里。"林美夕分析道，"唯一的希望是说阿德尔森科技公司是善意的，也许他们在跟霍金合作一个秘密项目，必须跟外界彻底隔绝。唉，我只能这么去想了，我不能把阿德尔森科技公司想象成坏人，陈指挥您不就是阿德尔森科技的吗？"

"往好处想是对的。"陈择英镇静下来，思路也明晰了，"第一，你确认了霍金还活着，这是最重要的；第二，就像你刚才说的，也许阿德尔森科技是在跟霍金搞秘密合作，这不是坏事，还可能是好事；第三，就算是阿德尔森科技绑架了霍金，那也总强过黄金抛物会绑架了霍金吧，这比我们之前的设想已经要好很多了；第四，假设绑架一事现在坐实了，不是还有我吗？我就是阿德尔森科技的人。"

林美夕心口一热，刚想说两句感激的话，却看到电脑屏幕上又弹出了一行文字：观测中，正在录入实时观测画面。

电脑屏幕左下角出现了望远镜的实时观测画面，林美夕将它放大至全屏显示。

两个人屏息看着，一会儿的工夫望远镜就锁定了一个移动星体，并持续追踪。

林美夕端详了那个星体半天，眼睛里再次泪光闪烁，不过这次是开心的泪："没错，就是那颗小行星，跟霍金之前的预测完全符合。它没有被击毁，它还在！霍金正在观测它，霍金正在履行我们全家人的约定。是的，是这样的，一定是这样的……"

"怎么可能？！"陈择英摇着头说道，"这太难以置信了……"

"陈指挥，要么是阿德尔森科技公司在说谎，要么是我在说谎。"林美夕直直注视着陈择英的眼睛，"您来做一个选择吧。"

"用高科技作假很容易，这个实时画面……"陈择英话未说完，眼神突然定住了，他听到了来自楼上的声音。

两人此刻都还不知道——就在刚才，他们锁定阿德尔森科技公司实验部地址的同时，他们自身的位置也被猎警机器人锁定了。

8 交锋

黑衣队员们根据猎警二号提供的定位信息进入到卧室搜索，几分钟后他们对一个衣橱起了疑心。领队握住衣橱把手轻轻往外拉拽，衣橱门纹丝不动，里面似乎安装有自动反锁的装置。领队向猎警机器人发出指令,机器人用高能激光束顺着门缝将门闩切断。领队再次握着把手轻轻拽门,这次门开了,从里面透出光亮,那是来自于地下室的灯光。

领队率先跨入衣橱,就在他移步的一瞬间,陈择英敏锐地察觉到了动静。

"有人来了!"陈择英拉住林美夕的手臂往出口跑去。

出口位于地下室的正南,升降梯则位于东南角,几个黑衣队员接连从楼上跳下,迅速朝西横向移动,截住了去路,几支枪齐齐对准了陈择英和林美夕。猎警一号和猎警二号最后跳下来,四只钢铁巨足砸在地板上轰然有声。

领队踏前一步,恭恭敬敬打了个招呼:"陈指挥您好,我们又见面了。"

"你们倒是阴魂不散,我们走到哪儿就跟到哪儿。"

"我们也是奉命行事。"领队看向林美夕,"这位林女士我们一定要带走。"

"我要是不同意呢?"

"别不识抬举,更别高估自己。"领队轻蔑一笑,"血肉之躯是无法跟机器人抗衡的,我劝你……"

领队话未说完,一个带着绳索的圆形小物件朝面门劲射而来。这东西速度太快,两人之间又仅有两米不到的距离,领队躲避不及,圆形小物件"啪"的一声罩在他口鼻上,牢牢吸住。领队骤觉无法呼吸,本能地用手去扯绳索。陈择英趁机近身，抖动绳索划了两个圈儿套在领队身上，将他捆住。领队大力撕扯，快把自己的嘴巴扯烂了也没能把那东西扯掉，反而被陈择英三下五除二捆成了木乃伊。

陈择英将绳索绕紧领队脖子，一手扯住，一手掏出枪抵住他的太阳穴，冲余下的黑衣队员吼道："把枪扔到这边来，让机器人退到墙角蹲下！"

领队憋得满脸通红，呜呜地叫着。七名黑衣队员互相看了看，将手中的冲锋枪扔到陈择英脚下。两台猎警机器人也退后至墙角处，老老实实地蹲了下来。

林美夕在一旁眼睁睁看着陈择英仅用一根攀墙用的吸盘索在短短几秒钟内就将原本不利的战局彻底扭转，佩服得五体投地。

陈择英抬手朝两台机器人各射了三枪。他手里拿的是微波枪，属于软杀伤武器，攻击生物体时会绕开防护对内脏进行加热，使其暂时失去战斗力；攻击非生物体机器人时，电磁脉冲会干扰破坏其内部电子元器件，尤擅于损伤探测系统。两台机器人才是陈择英的真正劲敌，所以先要把它们的探测系统打坏，虽然这不足以摧毁它们，但至少会造成一定程度的反应迟缓。

黑衣队员们这才知道陈择英手里的枪并不致命，但此刻醒悟过来为时已晚，陈择英对付完机器人后马上转向他们射击。黑衣队员们各自惊慌奔逃，但在这狭小空间内无处可躲，根本就是瓮中捉鳖，七人被一一点射倒地，惨叫着扭动身躯，真正尝了一回五内俱焚的滋味。

被吸盘索捆住的领队快要窒息休克了,身子软软地瘫了下去。陈择英不想伤他性命,赶紧把吸盘打开,让他能顺畅呼吸,同时也不忘再补上一枪。

蹲在墙角的两台猎警机器人眼睛里红光一动,齐齐站起身,朝陈择英走来。

陈择英抄起地上的一挺冲锋枪朝两台机器人扫射,子弹叮叮当当地打在两具钢铁身躯上,火光四溅,但这两头怪物只是身形略滞,依然向前稳步压进。

"陈指挥,快跑!"林美夕疾步冲到出口门前,站立片刻后身份识别器上的绿色进度条满格,她急急地拽开了门。

如果不是探测系统受损,反应变慢,机器人是绝不会放任林美夕通过身份识别的。当林美夕把门拽开时猎警二号终于反应过来了,一跃来到门前,张开大手将林美夕横着扫回屋里,重重地摔落在地上。

机器人的力量相当惊人,跟它们肉搏毫无胜算,陈择英看在眼里,心里一阵焦躁。他丢掉冲锋枪,把林美夕搀扶起来,又换上微波枪朝猎警二号疯狂射击。然而直至微波能量消耗殆尽,猎警二号依然山一样挡在门前。

地下室的出口已被堵死,只能寄希望于从升降梯进入一楼逃脱。

"你没受伤吧?还能跑吗?"陈择英沉声问道。

"没事,能跑。"林美夕不停抚弄左臂,疼得直咧嘴,看来是摔伤了手臂。

猎警一号停顿片刻，跟猎警二号对视一眼，点了点头，继续压进。

陈择英拉着林美夕往斜刺里跑，猎警一号张开手臂要拦，终究慢了半拍，两人从它腋下穿过，飞身踏上升降梯。陈择英按下启动键，升降梯往一楼升去。

陈择英心里默念着升降梯能升得再快些，机器人的反应能再慢些。但他没能如愿，猎警一号返身扑向升降梯，原本守在门口的猎警二号也跟着扑过来，两台机器人一前一后，气势惊人。此时升降梯快升入地上一楼了，圆形入口距离头顶仅有五六十厘米，陈择英情急之下拉着林美夕纵身跳了下去。

两台机器人相继落在升降梯上，轰然有声，却发现扑了个空，此时升降梯已然升入地上，它们的半个身子也跟着升进了衣橱里。但这两个家伙很执著，仍要勉强跳下，结果猎警一号被升降机卡住了腰部；猎警二号整个身子都下来了，大头被卡住了。两台机器人的四只机械足在空中乱蹬乱舞，情形颇为滑稽。

林美夕抚着胸口长出一口气："升降梯有生物识别保护功能，如果是人被卡住了，会自动松开以防止事故发生，可惜它们是机器，程序不认得。"

陈择英也是满心侥幸，如果不是升降梯帮忙，凭他们两个肉身是绝没有机会获胜的，但即便如此，眼下也并非绝对安全。

"尽快离开这里，机器人力气很大，挣脱出来就麻烦了。"陈择英说。

"别急。"林美夕走向一名正躺在地上佝偻着身子呻吟的黑衣队员，蹲下来瞪视着他因痛苦而扭曲的脸，"说！谁派你们来的？"

黑衣队员呼呼地喘着气，一言不发。

林美夕提起那只没受伤的右臂，小粉拳往黑衣队员的鼻梁骨上接连招呼："快说！不然有你的罪受！"

黑衣队员紧闭嘴唇，看待林美夕的眼神很是轻蔑，没有丝毫说话的意思。

陈择英看不下去了，走过来蹲身拎起黑衣队员的左手食指，握在手心，轻轻一掰。

黑衣队员杀猪般惨叫一声，哑着嗓子喊道："我说，我说！是麦克·阿德尔森。"

陈择英跟林美夕对视一眼——真的是麦克·阿德尔森。

"他抓林小姐有什么意图？"陈择英手上加了劲道。

黑衣队员又是惨叫一声："不知道……我不知道啊！"

陈择英正要再加劲道，却听到身后"咔嚓"一声，转身一看，猎警一号正在用高能激光切割升降梯，而猎警二号靠着巨大的蛮力向下挪动身子，眼看就要挣脱出来了！

"快跑！"陈择英拉着林美夕往出口奔去，所幸门是开着的，出门就是那台超导磁悬浮摩托车。

林美夕扶起车把，却疼得"哎哟"一声，她的左臂完全不能受力。

"我来。"陈择英翻身骑上车,将车把上挂着的两个头盔摘下来扔了,这时候根本来不及戴。

"你会骑摩托车吗?"林美夕跳上后座。

"你说呢?我可是飞行员!"陈择英启动摩托车,呼地冲进了地下通道。

猎警二号和猎警一号紧跟着跃出大门,扎进地下通道,奔跑追逐正是它们这类猎捕机器人的最强项,速度不逊于一般的赛车。

林美夕在后座上紧紧搂住陈择英的腰,她听到身后的地面在隆隆作响,回头一看,两台机器人正越跑越近。

"陈指挥你开快点,快追上来了!"

"上了磁悬浮轨道就好了,这里开不快!"

林美夕的头发被劲风吹向后方,猎警二号离得最近时伸出手来几乎能碰到她飘散的头发丝,但它再想追上十厘米都很困难。

陈择英不断提速,渐渐将机器人落下了二三十米。照此看来,一旦上了磁悬浮轨道,机器人绝追不上他们。

"把脸伸出来!"陈择英喊道。

"什么?"林美夕大声问道。

"把你的脸伸出来,做身份识别!"陈择英加大音量喊道。

越过陈择英肩头,林美夕看到前方不远处就是通往磁悬浮轨道的身份识别门。驾着摩托车在高速行进中做身份识别?这太疯狂了!

如果身份识别器一时反应不过来，两人会一头撞在金属门上，车毁人亡。

情势逼人，不容选择。陈择英努力把肩头往下缩，林美夕伸长脖子把脸露出来，努力将注意力集中。

摩托车将将要撞上金属门，身份识别器在最后时刻认出了林美夕，绿色进度条满格，移动伸缩门自动滑开，摩托车嗖地飞出通道，冲进了磁悬浮轨道，悬停下来。

"在磁悬浮轨道上机器人绝跑不过摩托车，何况这还是个迷宫。"陈择英信心大增，切换到磁悬浮驾驶模式，车头屏幕上显示出了迷宫地图。他对道路有着超出常人的记忆力，走过一次的迷宫在地图的帮助下应该能顺利通过。

但磁悬浮摩托车却停住不动了，陈择英按了两次启动键都没反应，键上的红灯也没有变绿。

"怎么了？"后座的林美夕探头看向车头屏幕。

"没反应。"陈择英还在按着启动键，"这个节骨眼出故障了？"

"死机了，按屏幕右侧的重启键。"林美夕说，"重启大概需要一分钟。"

就在此时，猎警二号挟着隆隆声奔往身份识别门，林美夕回头一看，吓了一大跳，喊道："快，快重启！"

陈择英按了重启键，但估计已经来不及了，一分钟后他俩肯定会被机器人逮到。

猎警二号飞身抢出识别门，千钧一发之际伸缩门正好弹出关闭，猎警二号身子已经出来了，左臂却"哐"的一声被卡住了，这一下着实不轻，胳膊都弯折了。

林美夕摸着自己还在发疼的左臂说："刚才就是你吧？这才叫一报还一报。"

她太小看机器人了，猎警二号用右臂硬生生掰开伸缩门，将门彻底损毁，将要逃脱出来。

"不能等重启了。"陈择英见势不妙，说道，"你下去推一把，然后再跳上来。"

"推？有用吗？"

"中学物理，牛顿第一定律，超导磁悬浮摩托车跟轨道间是没有摩擦力的。"

"懂了。"

林美夕跳下车来，用右臂狠推了车屁股一把，摩托车瞬间滑出去二十米开外，然后匀速行驶，而她根本没来得及跳上去。这时猎警二号已经出来了。

陈择英知道林美夕失手了，急点刹车，跳下车来往回迎。林美夕正尖叫着朝这边狂奔，后面猎警二号在追赶。就在此时，奇怪的一幕发生了——猎警二号居然跑不过林美夕！它步子迟缓笨拙，与之相比林美夕要矫健迅捷得多。情况越来越诡异，机器人的身子似乎无比沉重，渐渐迈不动腿，直至完全停下来，然后跪倒在地，用两支机械臂撑着地面，挣扎了没几下就彻底趴平了。

林美夕气喘吁吁地跑到陈择英身旁，回身看着趴在地上的机器人，不解地问："它怎么了？"

陈择英敏锐地观察到了一个现象："你注意看机器人的左臂。"

林美夕瞪大眼睛看去，机器人原本被卡得有些弯折的左臂正在神奇地复原，这让她大为惊骇。

"这是铁磁性形状记忆合金做的机器人，磁悬浮轨道用的是永磁材料，把它吸住了，但它身体的形状记忆功能会在磁场中开启，受到的损伤会得到恢复。"陈择英解释道。

"恢复后还有战斗力吗？"

"磁场是它疗伤的地方，不是战斗的地方，在磁场中它只适合睡觉。"

刚才还凶神恶煞的机器人此刻如一坨废铁般趴在磁悬浮轨道上，林美夕紧绷的神经放松下来，差点就想一屁股坐在地上歇歇，她忘了还有另外一台机器人。

猎警一号从毁坏的身份识别门里飞出来，轰隆一声踏到磁悬浮轨道上。林美夕吓得一激灵，随即镇定心神，告诉自己说：没事的，这个可怜的家伙还不知道呢，它马上就会变成粘鼠板上的老鼠。

猎警一号朝趴在地上的猎警二号扫了一眼，然后将发着红光的眼珠盯住陈择英和林美夕，身形暴起，大步朝这边奔来。

林美夕还在等着看猎警一号的笑话，却发现这台机器人行动相当灵便,没有丝毫滞涩。

"快跑!"陈择英拉着林美夕朝摩托车跑去,"这台机器人是钛合金的!"

二人将将上了摩托车,机器人已然赶到身后,伸出手朝林美夕的后脖颈薅去。

陈择英启动摩托车,车身如箭矢射出,堪堪逃离,再晚半秒钟林美夕就会被生生地扯下去。

猎警一号的程序里没有服输这个选项,在后面紧紧跟随,钢铁巨足狂奔起来气势骇人,磁悬浮轨道比起刚才的地下通道来更加宽阔,跑起来更可以无所顾忌。

陈择英按照摩托车车头屏幕上显示出的迷宫地图左出右进,这时他一步也错不得,一旦进入死胡同就会被机器人堵住逮个正着。所幸他有着天赋异禀的记忆力和千锤百炼的驾驶技术,所有出口都走对了,将机器人甩得越来越远,直至再也看不见。

迷宫地图上显示有三个光点:绿色光点是摩托车本身;两个红色光点分别是两台进入迷宫的机器人。此时一个红色光点一动不动,另一个红色光点乱了章法,无头苍蝇似的在迷宫里到处乱跑,处处碰壁。看来这两台倒霉的机器人一时半会儿是出不去了。

陈择英冲出迷宫,缓过一口气,又开始加速冲刺弯道。气流冲击轨道边壁,视景系统启动,无垠太空中的那条白练似的弯道又出现了。陈择英载着林美夕在星空中疾驰,宇宙间仿佛只剩下他们两个人。

"视景系统!"一个疯狂的想法在陈择英脑子里轰然炸开,拦截小行星的片段反复在脑内回放……

他想起了自己进入太空战机机舱后那短暂的眩晕……

9 天台对话

岐山路 11 号,阿德尔森科技公司实验部大厦顶楼天台。

霍金刚从天文望远镜里目送着"美夕"小行星远离地球,全然忘了刚才认出麦克·阿德尔森那一刻的震惊。他太迷恋宇宙了,宇宙中蕴藏着无数秘密,每揭开一个秘密,那个秘密就会变成知识,反过来造福人类,就像一个猜谜的孩子,每猜对一个谜语就能拿到一枚糖果。

霍金愿意一辈子做个猜谜的孩子,但这一次有所不同,他也许要变成那个喊着"狼来了"的孩子。

"年轻人,你很热爱自己的事业。"麦克·阿德尔森说道。

"是的,你不也是吗?"霍金说。

"你又没接触过我,你怎么知道?"

"在电视上经常见你，我觉得你是。"

"谢谢。"麦克·阿德尔森笑笑。

"我想知道你把我关起来是为了什么？"

"对我而言你是一个危险分子。"

"我不太理解，我危险在哪里？"

"在我的商业世界里，你是一颗绊脚石，会让我的公司栽跟头。"

"我还是不能理解。"霍金说，"我不但不是你的绊脚石，我们还能合作，而且当下我们很有必要合作。"

"合作？"麦克·阿德尔森摇摇头，"我不认为你有合作的价值。"

"阿德尔森先生，刚才对小行星的观测印证了我的猜想，实际上情况比我之前预想得还要糟。我必须回到凤凰岛用我自己的软件做分析。"霍金的表情异常凝重，"如果我的猜想得到更进一步的印证，我需要得到太空基地的协助。"

"什么猜想？"

"这颗小行星在下一个公转周期里很有可能会撞上地球，粗略估计概率超过10%。"

"哈哈哈哈。"麦克·阿德尔森大笑起来，好像突然之间犯了癫狂症，直笑到眼泪都流了出来，好半天他才收住笑声，说道，"这颗小行星我一直在严密跟踪，下一个公转周期里它依然在地月距离的十几倍之外，绝对没有撞击风险。"

"您应该知道10%是个什么概念，不容许抱有任何侥幸。"

"那我就更不能放你出去了，你出去了会到处宣扬这颗小行星的撞击概率。"

"我不会宣扬，但政府部门要通知到。"

"不行。"

"为什么？"

"因为这颗小行星早就没了。"麦克·阿德尔森顿了顿，补充似的说道，"起码政府是这么以为的。"

"我不懂你的意思。"

"你与世隔绝了半年多，外面发生了很多大事你都不知道。不过我可以明确告诉你，我们是一家太空防御公司，我们所做的计算比你要专业，这颗小行星没有任何风险。"

"也许我们的计算方式不同。"霍金微微扬起头，"我更倾向于相信我自己。"

"跟你一样。"麦克·阿德尔森盯着霍金的眼睛，"我也倾向于相信我自己。"

"作为全人类太空防御事业的创始人，你不觉得自己不负责任吗？"

"责任？商人最大的责任就是盈利。小行星撞击地球的概率小到可以忽略，对此我从不担心，你自己慢慢研究吧，我就不奉陪了。"

说完话，麦克·阿德尔森转身离开，脚步很轻，幽灵般隐入浓黑的夜色中。

很快在那浓黑的夜色中传来了麒麟带着颤音的汇报:"老板,凤凰岛那边的事情败露了……另外……网上把南非弗里德堡陨石炒得很热,我刚刚得知,我们漏了一块……"

10 诡异的陨石

小行星事件刚过,当其他人都还沉浸在劫后重生的狂喜中时,许愿就已经敏锐地意识到了一个发财的机会,他驾驶着私人飞机飞赴南非弗里德堡,去寻找灭世陨石的残片,他估计那残片能值大价钱。

对于任何一名陨石研究者来说,南非弗里德堡都是一个圣地。20.23亿年前,这里遭受过一次剧烈的小行星撞击,形成了一个直径约200千米的超级陨石坑。这次陨石撞击是已知的最大能量释放事件,导致了地球上几乎所有生物的毁灭,并对地球气候演变产生了重大影响。

陨石带给地球的也并非全是灾难,对于南非这块国土来说,它还留下了很多宝藏,为其经济发展做了贡献。比如驰名世界的南非黄金和南非钻石有很多就是从弗里德堡陨石坑出产的,这都和20多亿年前的那次陨石撞击有关。这里至今仍保留着淘金遗址和一些钻石矿区的遗址。弗里德堡陨石坑距离南非金融中心约翰内斯堡仅有120千米也绝非偶然。

三年前许愿来到南非弗里德堡做过一个月的陨石坑科考，也顺便淘淘金，可惜他没有找到任何黄金或者钻石，临走的时候不甘心，偷运了一块南非古先民做过岩画的大石头回国，卖了几个钱，刚好补足了路费和住宿费。

这次他又来了，有了上次的考察经验，他坚信自己能比其他人更快找到陨石残片，起码地理地形上他更熟悉。

许愿来到弗里德堡陨石坑内一个名为帕雷斯的小镇，找到一间旅馆住下，开始研究和探访陨石具体的坠落地点。他从网上找到了三个近距离拍摄到陨石坠落的视频仔细察看，又跟旅馆老板细细打探了一番，把坠落位置确定下来。

从旅馆老板那里他还意外地得到了一个坏消息——有一支搜索队已经去过陨石坠落现场，把陨石残片都搜集走了。

这可让许愿大为光火，起了个大早，赶了个晚集，还是被人捷足先登了。

那支搜索队也是住在这家旅馆里的，旅馆老板也是碰巧听到的消息，但有一点还是让许愿挺震惊——搜索队是在陈择英拦截小行星事件之前去搜集的陨石残片，而且还是在夜间行动。

"夜里找陨石残片？他们脑子坏了吧？"许愿跟老板拍着胸脯说，"夜里未必能搜齐，我再去捡捡漏，碰碰运气。"

这一碰就是二十多天，可把许愿累惨了。他怕搜到陨石后别人不认账，特地在网络直播平台上开了节目，二十多天的直播总共吸引了三亿网友观看。

最终总算功夫不负有心人，被许愿捡到一块。

"那帮傻鸟还是给我留了一块。"许愿抚弄着陨石残片粗粝的表面，脑子里幻想着拍卖会的盛大景象——一群脑满肠肥的富商举着牌子踊跃叫价，主持人举着锤子总也落不下来，他自己则站在台后一角笑得满脸褶子。

之前的那支搜索队居然没把消息放出去，谁给作证他们手里的陨石就是弗里德堡陨石？许愿有三亿网友作证，他自信能将自己手里这块石头的价格炒到超过那支搜索队手里的所有石头。

事情办好后，许愿立刻返回北京，第一时间将陨石拿到隆昌艺术品投资公司。这家公司是国内最有名的陨石藏品交易机构，跟诸多藏家都保持有良好的关系，搞拍卖会正是他们的拿手好戏。

按照隆昌艺术品投资公司的工作流程，每块准备做拍卖的陨石都要先做成分测定，以辨真伪。

许愿万万没想到，鉴定结果让他的发财梦彻底破灭，这一次还不如三年前那次，这次是连路费和住宿费都赔进去了。

鉴定师走出实验室，将一份纸质报告和那颗陨石递给许愿："结果很邪乎，这肯定不是什么外来天体，就是地球上普通的花岗岩。"

"花岗岩？"许愿瞪大眼睛，眼珠子差点掉出来，"师傅啊，您这玩笑可开大了！"

"谁跟你开玩笑了？这就是花岗岩。"

"这是我辛辛苦苦从南非弗里德堡淘回来的，有三亿网友作证。"

"八十亿地球人全给你作证也没用，事实就在这儿摆着呢。"鉴定师又从许愿手里拿回那颗陨石，指着说道，"以前我遇见过几次拿花岗岩混充陨石的，北京的古玩市场上这种事不算新鲜，但那都是生货，你这是熟货。你看啊，陨石表面有熔壳，说明是经过高温摩擦了的。"他又指了指陨石表面几条指模一样浅浅的条纹，"也有气印，说明是跟空气高速摩擦了的。这就是熟货。所谓生货就是山上敲下来的石头，那是糊弄外行呢。真正想骗过行家还得靠这种熟的，在熔炉里用高压喷气流吹，能造出这效果。"

这活儿其实许愿也干过，也拿这种手段骗过人，他甚至曾经在陨石上雕出过昆虫爬行的痕迹，以此冒充外星生命，骗了一个沙特来的富商。作为一个资深骗子，他更知道眼下这些陨石绝对不可能是从熔炉里烧出来的。

"这真是我从南非弗里德堡现场采集的，是一手的，不是从别人手里转来的，您要说这是假的，那真是见了鬼了。"许愿还是不能接受。

"好，外观我们暂且不论。"鉴定师指着许愿手里的那份鉴定报告说，"成分分析报告摆在这儿呢，这总得信吧？"

许愿拿起成分分析报告仔细阅读着,一堆冰冷的化学符号压迫着他的心往下沉,往下沉,一直沉到底。

"不应该啊……"他狠命挠着头,急得快要哭了。

"应不应该都没办法了。"鉴定师说道,"我不是信不过你,但我更得信科学,你说是这个理儿不?咱不能为了发财啥都干吧?万一把这陨石拍卖给了哪个富商,回头人家做了个检测,不得把咱们告上法庭啊?那事儿就闹大了。"

"嗯,我知道了,谢谢您了。"许愿把陨石揣进兜里,把分析报告卷成一卷,悻悻地出门去了。

这么大的事许愿必须去请教高人,他认识的最高的高人就是银河飞行学院的赵一宁院士,于是急匆匆地打了电话,然后赶到院士家中。

赵一宁院士擎着陨石反复观察,不时用指肚摩挲着石头表面的纹路,又拿起那份成分分析报告仔细审阅,好半天才抬起头来说:"隆昌虽然是一家商业机构,但报告的水平远超商用级别,说是学术研究也不为过,错不了。"

老院士也给陨石判了死刑。

"但这真是我从南非弗里德堡陨石坠落地搜集来的。"许愿觉得自己快成祥林嫂了。

赵一宁院士思考了片刻,问道:"陨石搜索过程中有什么异常情况吗？"

"没有。"许愿语气很笃定，不过马上又改口道，"哦，有件事挺怪的，在我之前有一支搜索队去到那里，在夜里行动，把大部分陨石残片都搜走了。而且他们是在陈择英学长拦截小行星行动之前就去的。"

"哦？这倒蹊跷了，知道他们的具体身份吗？"

"不知道。"

"有没有可能是他们玩的恶作剧，给你留了个假陨石？"

"不可能，我自己就是骗子，怎么可能再被别人骗？"许愿拿过院士手里的陨石说，"这绝对是从天上掉下来的。熔炉里用高压喷气流吹出来的假货骗得过别人，骗不过我，好歹我也算专家吧。"

赵一宁院士点点头，再不说话了，只坐在那儿沉思着，一会儿的工夫他就想到了一件事。

"我要看看陨石坠落的视频。"赵一宁上网搜索了起来。

因为地处偏僻，目击者少，弗里德堡陨石事件的视频只有三个，正是许愿之前反复研究的那三个。所幸这三个视频的拍摄距离都非常近，其中有一个视频的拍摄者还因此受了伤。

赵一宁院士首先看的是一位车主拍下来的视频——车子正在行驶当中，车窗前方亮度猛然增大，随后一个白色光球拖着长长的尾烟在天空中划出一道弧线，投射到视野尽头，随后传来剧烈的爆炸声。

接下来的两个视频距离更近，而且都是手持摄像机的定点拍摄。有一个视频的拍摄者当时正在测试智能无人机，一直将摄像机对着天空，完整地记录下了陨石坠落的全过程。陨石坠落爆炸地点离他所在位置仅仅四十米左右，他也成了弗里德堡陨石事件中的唯一伤者。

"有问题，有问题……"院士看来是发现了什么，自言自语似的说着。

为了锁定陨石坠落的准确地点，许愿曾经把这三个视频看过几十上百遍，从未看出什么破绽，他皱着眉头问道："看画面没啥问题啊，肯定是陨石坠落，不可能是 UFO 坠毁吧？"

"别胡说。"赵一宁院士提示道，"问题不在画面，在声音。"

许愿挠挠头，想了片刻，还是不得要领："声音？有爆炸声啊。"

赵一宁院士白了他一眼："亏你还是飞行学院的学生！"

许愿又努力想了一会儿，还是想不出来。

赵一宁院士又去找了很多陨石坠落的视频，点开来一一回放。尤其是日本神户港的那次陨石事件，被上千个摄像头捕捉到了，有些还是高清的军用摄像头，视频质量非常高。

赵一宁院士耐心看完了三十多个视频，表情越来越笃定。

许愿憋不住了，试探着问道："……声音有什么问题吗？"

"你能分清楚爆炸和音爆之间的区别吧？"赵一宁院士说道，"别告诉我你分不清楚，那你这学算白上了。"

战机飞行至超过音速，突破音障时会有音爆声。普通人可能分不清音爆声跟爆炸声的区别，飞行员对此可太熟悉了。虽然陨石音爆声跟战机音爆声区别很大，但对于一个飞行员来说仍可以轻松分辨。

许愿这才恍然大悟："所有的陨石视频都没有录下音爆声！"

"这正常吗？"

"难说。这些摄像头也许都处在激波以外。"

"有些摄像头离得很近，说都处在激波以外太过牵强。陨石坠落有时甚至会出现连续音爆的现象，而这些视频里一点声响都没有。"

"所以您的意思是这些陨石的坠落速度低于音速？"

"是的。"

"陨石进入大气层的速度在10千米／秒到70千米／秒之间，临地面速度除了跟进入大气层的初速度有关，还跟陨石体积有关，体积大的陨石一般都是超音速的，小的就不一定了。"

"这几颗酿成灾害的陨石难道体积还不够大？"

"够……够大。"许愿吐了吐舌头，事情真的有蹊跷。

赵一宁院士想起了那个名叫林美夕的记者，她一直坚称陨石事件是个阴谋，现在看来她的话并非空穴来风，也不知道陈择英跟她碰面后怎么样了。不过这事儿暂时还是别让许愿知道的好，他嘴太大，容易透露出去。

赵一宁院士打定主意，对许愿说道："陨石先在我这里放几天，我再去查证一下。在没有确定结果之前,你不要向任何人提起此事。"

"哦,好的。"许愿表情有些舍不得。

"放心,不会给你弄丢。你先回去,有情况我再叫你过来。"

"好吧。"许愿起身离开了。

等他出了门,赵一宁院士急急拿起手机,拨了陈择英的号码……

许愿刚刚走出门,手机也响了,拿起一看,是一个陌生号码。他接了电话,电话那头传来一个低沉喑哑的男声:"你好,你那颗陨石我可以出高价买下来……"

"你是谁?"

"我叫麒麟,是一名陨石藏家。"

许愿乐了——接盘侠这就来了……

11　真相

一座呈半球形的白色建筑物悄悄立在银河飞行学院的东北角,远远看去像一个半截埋在土里的巨大的蛋。这个建筑是有寓意的,而后来的事实也达成了它的寓意,这里诞生过很多先进的技术,也诞生过很多顶尖的飞行人才。这里正是赵一宁院士的实验室和办公室所在地。

陈择英和林美夕此时正在赵一宁院士的办公室里给他讲述整件事的来龙去脉。

陈择英从凤凰岛磁悬浮摩托轨道迷宫的气动视景系统那里得到了启发，怀疑袭击小行星的行动是一次虚拟视景游戏。而赵一宁院士一生都致力于研究培训飞行员的先进技术手段，更是一位飞行模拟器的专家，在这方面没人比他更有发言权了。

听完陈择英的话，赵一宁院士分析道："视景系统不是重点，太空景色是最容易模拟的，要做到欺骗肉眼太简单了，连我们的空军飞行模拟器上的视景系统都可以做到以假乱真，河流、山川、草木、建筑甚至人物，都可以模拟到惟妙惟肖，凭肉眼你根本分辨不出来，这些都比模拟太空景色难多了。依我看，重点是运动体感模拟，尤其是过载模拟。老式的飞行模拟器是通过六自由度运动平台模拟运动体感的，我们现在是通过超声波技术模拟触觉和运动体感的，但以你的飞行经验，应该能分辨出其中的差别。"

"当然可以，我平时也做模拟训练，超声波模拟的运动体感跟真实的运动体感还是有区别的。"陈择英说道。

"你躲避陨石时最大过载有多大？"

"9G，已经到身体承受极限了。"

"什么感觉？"

"非常难受，有黑视反应。"

"连视力都丧失了,模拟器可做不到这一点。"虽然赵一宁院士经验丰富,对此也深感困惑。

陈择英陡然想起了一个细节,后悔刚才自己竟忘了说:"导师,有件事很诡异。我戴上头盔关闭太空战机舱门后,突然感到一阵晕眩,然后四肢有轻微麻木,跟触电感觉类似,但这个过程很短暂,马上就又恢复正常了。"

"哦?有这种事?"赵一宁院士隐隐意识到这可能是关窍所在。

林美夕一直在旁边默默听着,这时她猛然想到了一件东西。

"那应该是一个致幻程序,陈指挥的头盔就是一个致幻器。"林美夕急急说道,"你们学飞行的人可能不熟悉,这种头盔是非法的,只在黑市上卖,纽约街头的飞车党就经常使用致幻头盔训练。"

"赛车没有过载,不能跟太空战机相提并论。"陈择英说。

"但原理是一样的,都是作用于大脑感觉的。"林美夕说,"纽约飞车党曾经发生过致幻头盔杀人事件,用特制的致幻指数超大的头盔导致一个赛车手心动过速,活活给紧张死了。陈指挥您刚才说的黑视反应致幻头盔也可以做到。"

赵一宁院士点头道:"我们训练飞行员时是绝对禁止模拟器侵入人体神经系统的,这是底线,但对于不法分子来说,这个底线不存在。"

"是的,打个比方说,那就是一种电子兴奋剂。"林美夕说。

致幻头盔跟战机模拟器的程序相连通,根据战机模拟器的操作来给陈择英的大脑制造各种各样的感觉，这就是陈择英被完全欺骗住了的原因。

这个难题是解决了，还有一个难题是赵一宁院士一直在思考的。

"太空基地上的飞行模拟器只是一个占地很小的坐舱式模拟器。一个跟真战机一模一样的巨型飞行模拟器是从哪里来的？平时机库是谁在管理？"赵一宁院士问道。

"是曲铭勋，我的一个手下。"陈择英答道，"这台模拟器肯定是临时运上基地来的。"

"一台巨大的模拟器从地面运送到太空基地，你作为基地总指挥不可能不了解情况吧？有其他飞行物接近太空基地时，拥有下达舱门开启指令的人只能是你，曲铭勋应该没有这个权限。"

"我想过这个问题……"陈择英说道，"那段时间情况特殊，基地进入报废流程，空天货运飞机频繁往来，将二十架太空战机和其他一些设备运回地面，在这个过程中玩一个掉包并不困难。"

"但这肯定需要机库负责人的配合。"

"不仅是机库负责人。"陈择英眼光里隐隐有痛苦之色，"这个游戏需要整个系统的配合，包括赫歇尔天文望远镜的所有数据全是伪造的，我的助理朱妍肯定也要参与其中。"

曲铭勋和朱妍都是陈择英最信任的手下，想起任务前后三人戮力同心的样子，陈择英一时间难以接受。

"是的，整件事就是这样的。"当陈择英提到空天飞机时，赵一宁院士关于陨石的猜测也有了答案,"来,我给你看样东西。"

赵一宁院士打开抽屉,把许愿的那颗陨石以及那份陨石成分分析报告拿了出来:"这是我的学生许愿从南非弗里德堡搜集的陨石残片和它的化学成分分析报告,报告显示那根本不是什么外来天体,只是地球上普通的花岗岩。"

"花岗岩?!"陈择英吃惊道,"这不是陨石!"

"不是。"赵一宁院士问道,"你之前对那三次陨石事件是怎么看的?"

"我以为是阿德尔森借用了陨石事件作为造假契机。"

"不,这个契机本身也是假的,也是人造的。我看了很多个陨石坠落视频,都有一个共同点——没有音爆声。再考虑到陨石的体积,可以粗略推算出陨石在太空中的飞行速度低于 7 千米/秒,而真正的陨石在太空中的飞行速度肯定不低于 10 千米/秒,一般都在 30 千米/秒以上。本来我也搞不清楚为什么会是这样,但经你刚才一说,我想明白了,问题就出在空天货运飞机上。空天货运飞机不但负责运送战机模拟器,还负责把三块大石头送到大气层以外。"

陈择英想了片刻,惊道:"您是说这三颗陨石都是货运空天飞机投掷的!"

"是的,一个弥天大谎,一场人为灾难。"

一旁的林美夕也惊得合不拢嘴,尽管此前她一直凭直觉认定此事有蹊跷,但也想象不出真相竟会是这样。

陈择英整个人都呆住了，脑子出现了一副惨绝人寰的画面：空天货运飞机载着石头以超高音速飞出大气层，然后抛下石块，石块落回大气层，变成一颗火流星，呼啸着朝地球落去。火流星撞击东海洋面，掀起五十余米高的巨浪，高温石块遇水蒸腾起的水蒸气蘑菇云与巨浪一起吞噬着周边海域的一切。那艘小型游艇就像纸船一样被巨浪打翻，沉入海底，没来得及发出一声求救信息。孟凡当时正抱着诺诺在船头嬉戏，她们也许看到了那颗火流星，但紧接着眼前就是一堵高达五十余米的巨浪之墙，生命就像是脆弱的烛火，在滔天巨浪的撞击下熄灭……

陈择英把头垂低，半晌说不出话来。

赵一宁院士认识陈择英二十多年了，从少年时代起陈择英就有着不凡的素质，赵一宁院士认定他能成大器。这些年来眼见着他事业有成，又眼见着他娶妻生女，人生步入美满，哪想到一切竟戛然而止。

陈择英突然猛地坐直了身子，眼睛里像要喷出火来："导师，空天飞机可以做到定点投掷！"

"这……"赵一宁院士知道陈择英是什么意思，"技术上是可以做到，但他的动机是什么……"

"我要去找阿德尔森问清楚！"

"不要冲动。"赵一宁院士解劝道，"要做个计划。"

"来不及做什么计划，越快越好！"陈择英转而对林美夕说道，

"霍金被抓的原因我们很容易猜到——'维特号'太空基地服役期满，联合国没有批准'维特二号'太空基地的建造计划，阿德尔森科技公司面临破产，麦克·阿德尔森于是做下这个骗局以使得太空防御事业能继续下去。霍金对那颗小行星运行轨道最为了解，所以麦克·阿德尔森要抓他，堵他的嘴。"

"是这样的。"林美夕说道，"近地小行星中的碎石堆型小行星并不多，大部分都是独石型小行星，独石型小行星一般不会造成陨石雨，只有选取碎石堆型小行星才能先行制造陨石雨灾害，以使得整件事更为逼真，并酿成恐慌引发关注。霍金正好是这颗碎石堆型小行星的发现者和研究者，所以被选中。"

赵一宁院士看着陈择英躁怒的样子，愈加不放心："阿德尔森一直在追捕小林姑娘，说明他事先是有周密安排的。假设你确认了他是真的做了定点投掷，你难道要去报仇吗？那岂不是要起冲突？怕是有危险。"

"有危险也得去，但我不会抱着报仇的心态去找他。"陈择英看了林美夕一眼，"我要先救下霍金。"

赵一宁院士点点头，不再说话了，他知道谁也阻止不了陈择英。

12　谈判

第二天上午九点,陈择英驾驶着"哈特"小型军用飞行器载着林美夕飞往位于岐山路11号的阿德尔森科技公司实验部大厦。临近目的地时,林美夕透过机窗从上空俯瞰,看到实验部大厦主体呈八角形,跟综合格斗比赛用的八角笼的形状有些相像,如同一座庞大的角斗场。不知道是不是心理作用,林美夕总觉着那栋建筑物带有一种狰狞的气质。

飞行器停到了大厦正门口,陈择英和林美夕跳下飞行器,直奔大门而去。

从门内迎出来两位工作人员,上前彬彬有礼地说道:"陈指挥这边请,老板等候多时了。"

陈择英和林美夕对视一眼——果然如赵一宁院士所说,阿德尔森早有安排。

一楼大厅内是一片生态植物园,种的都是用基因技术改造出来的微型树木,大概齐肩高。四人从"森林"中间的一条甬道穿过,来到电梯口,乘坐着电梯升入第十七层。

出了电梯门是一条笔直的窄窄的走廊,董事长会客室在走廊尽头。整个建筑布局逼仄压抑,这正是麦克·阿德尔森作为一位精明的商人玩的一个小伎俩,在这里你会弱势,会不安,会犯错。

"两位请进,老板在屋里恭候着呢。"来到门口,工作人员微鞠一躬。

陈择英敲了敲会客室虚掩着的门。

"是择英吧？快快进来。"麦克·阿德尔森的声音听起来很热情。

两人走进屋内，麦克·阿德尔森满脸堆笑地站起身来迎接："这位就是林小姐吧？两位快请坐。"

林美夕和陈择英在一张古朴的紫檀圆桌旁坐下了。

这间会客室面积大概也就三十平方米左右，跟外面一样逼仄。屋内最惹眼的物件是墙上挂着的一幅巨大的油画，画着一个形状不规则的圆，上面涂满了蓝色、土黄色和白色色块。

陈择英心里一痛——他想起了女儿诺诺画的地球。

看到陈择英的眼光停驻在那幅油画上，麦克·阿德尔森介绍道："这是15世纪末期西班牙一位油画家的作品，我将它视若珍宝。虽然这幅画并非名家手笔，甚至连作者的名字都不可考，但目前它的价值在三十亿美元以上，你知道为什么吗？"

"为什么？"

"这幅作品作于麦哲伦环球航行之前，那时人们还没有确凿无疑地认定地球是圆的。你再看看这幅画的色块轮廓，虽然画得有些粗笨，但所有大陆板块的形状都基本正确，包括当时尚未被发现的美洲和南极洲，这简直难以想象。那些白色块表示云朵，也就是说这是从太空视角来画的。那可是15世纪，人类乘坐热气球旅行还要等到三百年后的18世纪，况且乘坐热气球也不可能飞出太空俯瞰地球。"

"您是说这幅油画因为沾上了神秘主义色彩,所以值钱?"陈择英说道,"又是外星人那一套,或者是时光旅行者那一套?"

"不,我不信那些东西。"麦克·阿德尔森摇摇头,"只是巧合,是小概率事件。概率越小的东西越值钱,比如这幅画,再比如说小行星撞地球。"

"您这个比方太不恰当,小行星撞地球是灾难。"

"灾难也可以很值钱。"

"我实在不能同意您这个说法!"

"不同意我也不勉强你。"麦克·阿德尔森出神地望着那幅画,"在我公司最困难的时候,我想过要卖出这幅画,以缓解资金链紧张。那时我几乎想过所有办法,甚至包括卖房子。我为的什么?还不是为了让你们这些宇航员不至于失业吗?可后来我想到了一个绝妙的办法,才有了现在的这一切。"他看着陈择英,把接下来的这句话一字一字地送入陈择英耳内,"别忘了,你是最大受益者,你成了万人敬仰的太空英雄。"

"阿德尔森先生,你承认所有的一切都是骗局了?"

"你是聪明人,我瞒不了你,尤其是在这位林小姐的帮助下,你更能猜出真相。"

"当初为什么不告诉我?"

"以你的性格,必然不会答应。你跟朱妍和曲铭勋不同,他们都知道变通,而你不行。我必须做一个局,让你入戏,这样你会演得更像一些。"

"阿德尔森先生，恭喜你，你成了人类历史上最大的骗子。而且你还绑架了霍金，是一个绑匪。"

"可我也是出自善意。"麦克·阿德尔森说道，"霍金会妨碍我做事，我也是不得已而为之。好吧，直接说出你们的诉求来，看我能不能做到。"

"我们的诉求就是无条件放人。"林美夕抢着说道。

"无条件放人是有点难。"麦克·阿德尔森顿了顿，说，"但只要你们保证帮我保守秘密，也不是不能商量。"

"什么秘密？"

"小行星的秘密。"麦克·阿德尔森笑道，"霍金跟林小姐演的那一出里应外合很精彩，让我毫无防备。"

"我可以保守秘密。"林美夕说。

"很好，本来我们素不相识，但有了择英在中间，我信得过你。不过我还是得再强调一下这个秘密的重要性。"麦克·阿德尔森说道，"我这么做是为了保全基地，让太空防御事业能继续下去，也让宇航员们能继续留在自己钟爱的岗位上，他们属于天空，这是他们的使命。

"还有一点。拦截小行星的行动重塑了公众对科学的信任、尊敬和崇拜。反科学恐怖组织黄金抛物会的理论基础没了，组织面临瓦解。我想这应该是我，哦不，是我们，对人类文明做出的贡献。

你们要知道，人类在科学上的短视可能会招致灭顶之灾，小至一种病毒，大至一颗陨石，都可以毁灭全人类。不努力发展科技，怎么来应对这些灾害？如果任由黄金抛物会的思想在公众间肆意传播，后果不堪设想。

"最后一点。如果真相泄漏出去，第一个身败名裂的就是择英，一个冒牌太空英雄的余生必然只能在屈辱中度过。然后是我公司的破产，然后是太空防御的彻底废除，然后是反科学恐怖活动死灰复燃。这样的结果谁都不乐意看到吧？"

麦克·阿德尔森并非危言耸听，这是一个破不得的死局，陈择英和林美夕也深知其中的利害——不论对错，有些事做下了就难以更改，必要时需将错就错，然后再找机会补救，如果强行用正义和真理那一套去矫正，容易适得其反，甚至酿成更大的错。

"好的，我保守秘密。"林美夕举起右手，"我可以发誓。"

"嗯，这倒不用，你有这个态度我就很欣慰了。"麦克·阿德尔森紧绷的脸上终于露出放松的笑容。

他站起身来走到对面屋墙下，拍了两下手掌，墙体缓缓上升，露出里面一层透明的玻璃幕墙。幕墙的另一面一个男人正端坐在一张写字桌上拿着笔写写算算。他眼神专注，侧脸苍白憔悴，头发散乱地垂过鬓角，像一尊年深月久的雕塑。

那正是霍金。林美夕急忙起身走到玻璃幕墙前，双手搭上玻璃看着里面的人。

麦克·阿德尔森又拍了一下手掌，玻璃幕墙升起，两间屋子打通。霍金听见响动，抬起头来看向这边，枯槁的脸上眼光一亮："美夕！"

"霍金！"林美夕一脚踏入屋内。

麦克·阿德尔森议也跟着进了霍金那屋。陈择英陡然意识到事态有变，纵身往里扑去，玻璃幕墙却急速落下，将他挡在了屋外。

玻璃幕墙的那一边，一名黑衣人不知从哪儿蹿了出来，从背后一把扯住林美夕，将手臂环在她脖颈间，搭住扣轻轻一用力，林美夕马上就被绞晕，软软地瘫在黑衣人臂弯里。霍金惊恐地大叫，要上前制止，黑衣人掏出枪指着他的头，喝令他重新坐回座位去。

陈择英掏出枪来朝玻璃幕墙射击，火光四溅，子弹对这种高强度的防弹玻璃竟无能为力。

麦克·阿德尔森转过身来，隔着玻璃幕墙对陈择英说道："霍金是一个科学家，林美夕是一个记者，这两类人都有真相癖，我对他们实在不放心。从我得知林美夕在调查霍金失踪案后，我就决定要把这个女人逮住，但我没想到是以这种方式。我真得谢谢你，是你亲手把她送过来的。"

"阿德尔森先生，我在太空基地工作了十几年，从不知道你竟是这样的人！"

"我这还不是为了我们共同的太空防御事业吗？我们认识了十几年，你跟林美夕只认识了几天，为什么要站在她那边？"麦克·阿德尔森放轻了语调，"来吧，我们的谈判才刚刚开始，我们还能继续合作下去。"

刚才为了让阿德尔森先放了霍金，陈择英并未提及陨石灾难事件，到了这一步，他必须要为自己讨个明白："我问你，那三次陨石事件是怎么回事？"

"对于日本和中国的死难者我深表同情。" 麦克·阿德尔森摊摊手说道，"但那是天灾人祸，我没有办法。不过说到责任，你当时还在太空基地上，你怎么没发现那三颗陨石呢？这是不是你工作的失职呢？"

"事到如今你还在撒谎！"陈择英将枪抵在玻璃幕墙上，对准麦克·阿德尔森的眉心，"那三颗陨石是你让空天飞机投掷到地面的！我现在只想知道，投进东海的那颗是不是你定点投掷的？你是不是知道我的家人在那艘游轮上，所以要谋杀她们？我跟你从来没有仇怨，你这么做是为什么？！"

"既然你都猜到了，那我也无须隐瞒。"麦克·阿德尔森长叹了一口气，"我爱惜你的才能，我要把你塑造成英雄。太空防御事业需要一位英雄，一位让人们匍匐跪拜的神一样的英雄，只有这样我们的事业才能稳固。你知道成为英雄需要什么条件吗？不但要有丰功伟绩，不但要有荣耀加身，更要有孤独为伴。这一切由我来给你安排。"

"冒牌的功绩、虚幻的荣耀和失去妻子女儿的孤独？！"

"是的。你之前为了家人团聚而请求退役，这不是英雄的作为。

拿我来说吧,我一辈子没成家,无儿无女,这使得我比你们任何人都更能专注于自己的事业……"

陈择英退后三步,扣下扳机,"砰"的一声,子弹隔着玻璃幕墙打在麦克·阿德尔森眉心的位置。玻璃幕墙上留下了一点点痕迹,幕墙那边的麦克·阿德尔森摇了摇头。外层墙壁缓缓落下,将两间屋子彻底隔离。

陈择英听到屋外走廊传来一阵迅疾的脚步声。

13　围猎

一间逼仄的小屋,外面是一条窄窄的走廊,形同死胡同。无论是在屋里死守,还是立即抢出屋外,被击毙的可能性都几乎是百分之百。

八名黑衣队员持着两面盾牌靠近会客室,他们中有几人跟陈择英交过手,知道这是个硬茬,是以并不强攻,打算出奇制胜。

一名黑衣队员从盾牌后矮着身子蹑步走出,潜行至会客厅门口,用枪管将门挑开一个缝隙,从口袋里取出一枚花生米大小的毒气弹,投进屋内,气味刺鼻的浓黄色气雾顿时充满了整间屋子。黑衣队员迅速撤离,跟另外七名伙伴一起蹲踞在盾牌后面,摆好射击阵形,只等屋内的人忍受不了毒气侵扰,冲出门来,几挺冲锋枪一齐攒射,保管当场击毙。

毒气的毒性很大,陈择英的眼睛感到一阵针扎般的刺痛,泪水汩汩而出,随后呼吸肌麻痹,头脑也开始晕眩。他第一反应是找到毒气弹,将它扔出屋,那样的话在黄色气雾的掩护下他还能跟门外的人周旋一番,说不定就能趁乱取胜。但现下他眼睛都睁不开了,而且屋内全是黄色气雾,根本看不到毒气弹在那里。他忍着身体的巨大痛苦在地上摸索,仅仅过了十几秒后就知道此路不通,毒气弹的毒气已经尽数释放了,即使找到了也没用。

身体越来越难受,待在屋里只能是等死,他掏出枪,将眼睛艰难地张开一条缝,准备强行突围。

这时他眼睛的余光突然扫到了一样东西——从黄色气雾中透出的一点白色,是那幅油画。他混沌的意识猛然被照亮——名贵油画的画框一般都使用的是防弹玻璃!

屋外走廊内,盾牌后的八名黑衣队员屏息以待。门开了,一股浓浓的黄烟漫出,随后一幅巨大的油画缓缓挪动出来。

"这是阿德尔森先生的宝贝,价值三十亿美金以上,我劝你们不要轻举妄动!"怕这帮老粗不识货,陈择英还特意介绍了一下。

黑衣队员们全傻眼了,谁也想不到陈择英会来上这么一招。

油画的画幅很大,恰够遮住陈择英的身体。他躲在油画后伺机闪身射击,一枪打在黑衣队员的盾牌上,强大的冲击力逼得几名黑衣队员退后了几步。

"退后！"陈择英有恃无恐，持着油画向前逼近。

场面有些滑稽，手持盾牌的八名黑衣队员被手持名贵油画的陈择英逼得节节后退，陈择英还时不时地给他们来上一枪，作为震慑和敦促，而黑衣队员们只能把脑袋紧缩在盾牌后，完全不敢还手。他们并不确定油画外是不是防弹玻璃，即使确定也不敢轻易开枪，万一打碎了可不是闹着玩的。

陈择英一直前行到了电梯处，摁下下行键，在油画的掩护下进了电梯厢，兵不血刃地全身而退。

尽管麦克·阿德尔森对陈择英的个人能力有着极其客观和清晰的认识，但当他从监控视频里看到陈择英仅靠一幅油画就安全逃脱时，仍不禁大为吃惊。

麒麟上前请示道："老板，要不要出动雪人？"

"马上。"麦克·阿德尔森吩咐道，"陈择英下到一楼去了，你封锁所有电梯，确保不再有其他人下到一楼，再把一楼的大门锁上，来个瓮中捉鳖。"

"是。"麒麟应道。

几秒钟后，所有电梯都不再通往一楼，独独放陈择英一个人下去。然后一楼大厅的大门闭合，出路切断。二十个通体纯白的雪人从地下室升至一楼。这些雪人相当于大厦的安保员，平时隐匿在地下，一旦有危险就会及时出动，寻常枪支对它们来说毫无作用，而他们杀人的方式无声无息，通常是像蟒蛇一样把人活活绞死。阿德尔森科技公司实验部大厦是一个安静而有秩序的地方，即使是施用暴力，也同样是安静而有秩序的。

陈择英乘电梯下到一楼，他要冲出大厦去驾驶他的飞行器，以最擅长的方式赢得战斗。

就在他踏上微型森林中间的那条甬道时，从林木背后一跃而起一群煞白煞白的怪物。它们都有着人形躯体，但站立的姿态弓腰弯背，像软体动物一般，头上也没有五官，只隐隐有着耳朵、眼窝、鼻子和嘴巴的轮廓。即使是在大白天，撞见这样一群怪物也会让人脊背发凉，犹如撞见僵尸。

陈择英知道这是阿德尔森科技公司的人工智能保安，他太空基地总指挥的身份应该是录入到了这些保安的记忆系统里的，所以他想试试，看能不能骗过去。

刚想搭话，带头的一个雪人将手臂伸出四五米远，张开的手掌直奔陈择英的咽喉而来。陈择英闪身避过，心里已然清楚雪人这是领了杀无赦的指令来的，任何侥幸的想法都不能有了，要么战，要么逃，没有第三种选择。

他举枪朝雪人射击，子弹击中它的胸膛，却无法击穿它。雪人外部是一层高强度的隔热纳米材料，内部是厚厚的水淀粉层和纳米机械骨骼。它利用非牛顿流体中的膨胀性流体原理制成，有着遇强则强的特点——如果你轻轻抚摸它，感觉就像在摸一袋早餐奶，软软的似乎人畜无害；但如果你打它一拳，就会像打在墙上一样，一不小心就可能挫伤手骨，而高速飞行物一旦撞击到它身上，更会遭遇到强大的抵御力，所以子弹对它无效。

雪人唯一的弱点就是机械动力传导上比较弱，毕竟内部全是液体，奔跑时的启动速度尤其慢，不过一旦跑起来，由于膨胀性流体原理的缘故，加速度还是很大的。

战是不明智的，雪人会将躯体变为一条蟒蛇，将人活活缠死。眼下最明智的选择只有逃了。

陈择英回身跑去，雪人们群起追击，因为启动太慢，一开始就落下一大截，但它们的手臂可以伸出十几米远，四十条白色的手臂犹如四十条白蛇在陈择英的身后挥舞。陈择英折过一个墙角，前面就是步行楼梯口，他纵身闯入，将门狠狠叩上。一条雪人的手臂探进门来，被门挤压成纸片一般薄，却仍在乱摸乱抓。

陈择英将身体用力顶靠在门扇上，把门锁锁上，飞身跑上楼梯。上到一楼半的时候他回头看了一眼，那只被卡在门内的手正摸索着要打开门锁。

陈择英几步跑上二楼，他打算从这里找一间屋子进入，然后破窗而出，跳出大厦外去找他的飞行器。就在这时，一楼传来"哐当"一声摔门声，应该是雪人摸开了门锁，涌进了步行楼梯口。

离陈择英最近的是一个卫生间，陈择英径直冲了进去，在男卫生间门口犹豫了一下，一晃身进了旁边的女卫生间。

雪人们来到二楼，没见到陈择英的踪影，大部分雪人继续往上登楼，留下五个雪人驻留在二楼搜索。

所有科技公司的研发部门都很重视保密工作，阿德尔森科技大厦实验部尤其如此，因而无论是走廊还是实验室都遍布电子眼，而电子眼监控系统正与雪人的智能程序相联通。此时整栋大厦所有楼层的二十万只电子眼都在转动拍摄，对所有工作人员进行筛查，只要陈择英还在大厦内，就绝不可能被漏掉。

雪人们的内置搜索程序一遍遍过滤，却始终没找到陈择英。

陈择英在女卫生间内屏息不动，他听到门外有雪人的脚步声，啪嗒啪嗒像雨夜穿着水靴行路，听起来怪异而恐怖。等了一会儿，脚步声走远了，似乎是往二楼更深处去了。

陈择英长出一口气，抬眼看着女卫生间的天窗，不由得心头一喜——女卫生间的天窗正通往大厦外，是一个绝佳出口。可紧接着他又意识到要跳出去颇有难度，现下天窗紧闭，而且位置很高，要爬上去绝非易事，而且那天窗太窄小了，能不能钻得过去还是个问题。

他走到天窗下，抬手摸了摸光滑的墙壁，虽然对自己的身手一向自负，但眼前这不到四米的高度却真把他给难住了。

身后陡然响起一阵马桶冲水声，把他吓了一跳——卫生间里有人！

一位身着白色实验服的年轻女士整理着裤子从厕间走出来。陈择英正站在墙下，旁边就是盥洗处，避无可避。他一个箭步向前，在女士发现他的同时一把捂住了她的嘴。

女士的惊叫声被捂在嘴里变成了一声沉闷的呜呜，她先是惊恐失神，而后在看清了眼前"暴徒"的脸庞后，整个人瞬间放松下来，甚至眼睛里还透出喜色。

陈择英知道，她认出自己来了。

陈择英用另一只手做了个噤声的手势，极力压低声音说："现在是特殊情况，你不要声张。"

女士点点头，表示愿意配合，然后陈择英试着松开了捂住她嘴巴的那只手。女士果然没有任何过激的表现，她匆忙整理了一下自己的衣妆，说了一句让陈择英哭笑不得的话："陈指挥您好，我是您的粉丝。"

"你好。"陈择英也顾不上面子了，回身指了指天窗说，"能帮我一个忙吗？我要从那个天窗跳出去。"

"啊？"女士抬头看了看天窗，"为什么要从那里跳出去？"

"消防演习。"陈择英话说出口连自己都有点惊讶。

"哦哦，好。"女士点点头，"您要我做什么？"

"来，你到墙根这儿来，微蹲下身，两手合拢。"陈择英拉着女士站到墙根下，演示着动作，"我踏住你的手，注意你的双手要主动用力，不然容易吃不住，然后我会踩上你的肩膀，可能有点疼，千万不要喊叫，要忍着。"

"知道了。"女士点点头，表情竟然有些小兴奋。

女士做好了准备姿势，陈择英小步助跑，踏着她的双手，又踩着她的肩膀，腾身而起。

女士脸上的肌肉都扭曲了，闷哼着，把叫疼声生生地憋在了肚里。

陈择英抓住了天窗的把手，整个人悬在空中，然后另一手扳住窗窝，把天窗打开，将整个身子缩了上去。天窗果然很小，但他挣扎着将将能钻过去。

女士看陈择英快要成功了，脸上露出满足的笑容，对于一个整日困守实验室做科研的理工女来说，这小小的经历足够新奇和难忘。

此时那五个雪人刚反应过来——整栋大厦只有两个地方是没有联通电子眼监控系统的，一个是老板麦克·阿德尔森的私人办公地点，另一个就是卫生间。他们折返回二楼卫生间搜查，可惜五个雪人全都一拥进了男卫生间，而在这短短几分钟内，陈择英已经从女卫生间的天窗逃出去了。

14　决战

陈择英跳进"浩特"军用飞行器座舱，启动飞行器往阿德尔森科技公司实验部大厦的十七层飞去，十几秒后他就找到了目标位置，悬停在一面蓝色的玻璃落地窗前。

飞行器机腹伸出一支长约一米宽约三十厘米的矩形发射器，蓝色的高温喷焰喷射在玻璃窗上，玻璃像酥糖一样熔化了。飞行器破窗而入，没错，正是先前会客室门前那条窄窄的走廊。

陈择英驾驶的是小型飞行器，机翼处最大宽度不到三米，几乎与走廊宽度相同，这种情况下要顺利通过走廊需要极其稳定的驾驶技术，难度与走钢丝无异。飞行器缓慢向前移动着，机翼没和墙壁发生一丝一毫的碰撞。机腹底部的喷气气流冲击地面发出暴风压境般的隆隆声，整栋楼层似乎都在震颤。

矩形发射器再次伸出，高温喷焰将会客室的门墙烧熔，楼内的消防报警器尖利地啸叫着，热浪席卷了整个楼层。

会客室的隔壁。

林美夕奄奄一息，头发散乱地贴在脸上，呼吸越来越细弱，好像随时都会断气。

霍金被牢牢绑缚在椅子上，嘴巴被封条封住了，一开始还挣扎着身子狂躁地扭动着，几分钟过后，他眼睛里涌出两行泪水，也不再挣扎，像是被抽去了所有的能量。

"林小姐，有些真相是触碰不得的。"麦克·阿德尔森冷冷说道，"难道入行时那些老记者没教过你这个简单的道理吗？"

林美夕怨毒地盯了麦克·阿德尔森一眼，那眼光带着森冷的寒气，刺得麦克·阿德尔森心头一凛。

"好，两个都是硬骨头。"麦克·阿德尔森转头对麒麟吩咐道，"动手吧。"

"动手"就是做掉的意思，麒麟掏出枪来。

消防报警器突然疯狂啸叫起来，监视画面里一架飞行器已经将隔壁的门墙烧熔了。很快一股热浪就透过墙壁蒸煮着整间屋子，片刻过后墙壁变红了，然后熔为液态，酥软下去。一架飞行器挟着巨大的喷气声搅起烟尘，开进屋内，黑白相间的金属机身在高温气雾造成的光线折射中显得飘忽而不真实。机头上三个英文字母"HOT"犹如末世符咒一般，令人不敢正视。

这就是麦克·阿德尔森亲自选拔出来的最优秀的飞行员。麦克·阿德尔森做梦也想不到，有朝一日这位飞行员会将飞行器以这种方式开进自己的公司大厦、开到自己面前。

麒麟一把抄起林美夕挡在自己身前，用枪指着她的太阳穴："你下来，不然我打死她！"

陈择英已经按上机枪按钮的手指松了下来。

从禁闭室的门外急急冲进来一群黑衣队员，正是先前被陈择英用油画逼退的那队人。

四个黑衣队员护送着麦克·阿德尔森撤出禁闭室，另外四人将霍金扭住撤离。麒麟勒着林美夕的脖颈挡在身前，一步一步往门口退去。

一众人跑出屋子，转移到电梯口。不料电梯厢门一打开，就看到里面堆满了白花花的东西，定睛一看，还在蠕动，像一窝刚产下的肉虫子。那是乘电梯上楼来的雪人们，它们的监控系统显示十七楼有飞行器闯入，所以队形散乱地匆匆赶来。

"怎么才来！"麒麟对这群怪物吼道，全然忘了人工智能是没有任何情感的，"快给我们腾地方，去拦截陈择英！"

雪人们挤在一起，全都挤变形了，本来启动就慢，这下更慢，好半天才挤挤挨挨地挪出了电梯厢，依麒麟的指示往禁闭室的方向跑去拦截陈择英。

麒麟护着麦克·阿德尔森，抄着处于半昏迷状态的林美夕进了电梯，八名黑衣队员拎着霍金也跟着进来。

"老板，要去几楼？"麒麟问道。

"去天台。"麦克·阿德尔森说道，"只有天台的激光炮能对付陈择英的军用飞行器。"

"用不着吧，雪人们的战斗力还是可以的……"

"它们顶多拖延一些时间而已，靠不住。"麦克·阿德尔森命令道，"赶紧！"

麒麟摁下通往天台的密码，电梯没有上行，而是平移至另一处秘密电梯井。

陈择英跳出飞行器座舱，掏出枪去追击麦克·阿德尔森。正飞奔在走廊内，从前方墙角处突然拐过来一群白花花的东西，与他差点撞个满怀。

陈择英倒吸一口凉气——那正是先前费了九牛二虎之力才摆脱掉的雪人们。

为首的雪人探出手臂抓向陈择英的腕子，陈择英一抽手躲开了，手枪却被雪人一把捋了过去。

雪人将手枪放在手中把玩着，陈择英以为它要向自己射击，雪人却合上手掌用力一攥，把手枪攥成了一团金属球。

这种力量如果攥上人的骨头，后果可想而知。

跟之前在一楼的那一幕极其相似，陈择英返身就跑，雪人们奋步直追。这一次它们眼睁睁地看着陈择英冲进屋内，飞身钻进了飞行器内。很显然那个铁壳子很坚固，即便以雪人的力量也难以摧毁它，但雪人们仍毫不犹豫地冲进屋内，试图跟飞行器抗衡。

陈择英启动飞行器，原地拔高，将高温喷焰发射器瞄准为首的一个雪人。一条蓝色火舌舔舐上那个雪人的身体，雪人瞬间被高温烤成了一个直径约半米的球状面团，冒出一股轻烟。接下来是一场残酷的屠杀，飞行器上下左右地追击目标，火舌舔在雪人们的身上，把它们蒸成一个个嫩白嫩白的面团。

雪人内部的主要成分是水淀粉，一旦遇见高温就会被烤熟，变成不折不扣的大馒头。为此它们身体外部特别采用了特殊隔热材料以抵御高温攻击，可惜这种材料只能抵抗一般的高温喷射器，而对于军用飞行器的强力武器来说只是一道脆弱的防线，轻易就能被突破。也难怪，雪人的设计初衷只是作为实验部大厦的保安人员，谁也想不到有一天会有一架军用攻击型飞行器闯进大厦内。就像是把擂台上能征惯战的角斗士安放在炮火横飞的战场中央，任凭你如何强壮，毁灭只是分分钟的事儿。

二十个雪人在半分钟之内被消灭得干干净净，二十个新鲜出锅的大馒头安安静静地躺在地上。陈择英打开座舱机窗，热浪挟着一股浓郁的蒸馒头的香气扑面而来。

麦克·阿德尔森一行人乘坐电梯升入天台高能激光炮塔指挥中心。

指挥中心位于一栋堡垒式建筑内，这栋建筑从上空俯瞰犹如天台上长出的一只犀牛角，这样的设计便于扩大监控区域，防范来自于任何角度的攻击。私营公司拥有强大的火力是违反法律的，但作为一家有兵工厂性质的公司，又必须有足够的防御能力来保证自己的安全，同时也是保证周边区域的安全，不仅仅是陆上，大厦的地下两百米就是反物质导弹研发中心，如果遭到袭击，后果不堪设想。麦克·阿德尔森据此争取到了在顶楼天台安装十六台高能激光炮的授权，激光武器是拦截导弹和飞行器的不二选择，而且都安装在固定炮塔上，只能用于防御。这个要求看起来很合理，政府部门自然没理由拒绝，但实际上这一方空域早已成为麦克·阿德尔森的私人领地。

炮塔指挥中心平时是人工智能在掌管，负责监控以及特殊情况下的防御式攻击。在过往的二十多年里，除了演习外，这台人工智能没发出哪怕一条射击指令。

"切到人控模式。"麦克·阿德尔森命令道，他已经对人工智能这东西不抱什么信任了，它们要么迟钝、要么仁慈，不堪大用。

麒麟看向身侧一名黑衣队员，示意他按老板的指令执行。这名队员平时就是负责炮塔维护的，他立刻去到指挥系统的操作界面前，输入密码，接管了射击权。

此刻天台上的十六台高能激光炮伸出炮塔，高昂着头全力搜索附近空域内的飞行物，哪怕有一只麻雀闯入都有可能被打下来，一切都掌控在那名黑衣队员的指尖，而从表情上看，他有些紧张过头了。

麒麟在腕表上查看着什么，面色沉了下来，对麦克·阿德尔森说道："果然如您所料，雪人全部被消灭。"

麦克·阿德尔森没说话，甚至表情都没有一丝变化——这能说明什么呢？只能说明把炮塔指挥中心切换到人控模式是明智的。

"发现目标！"操作界面前的黑衣队员喊道。

他面前一米见方的显示屏上一架飞行器正在大厦头顶盘旋。

还没等麒麟下达命令，黑衣队员就反应过度自作主张地按下了发射键。

十六台高能激光器中的五台处于适宜射击的角度，五束高能激光笔直地射向目标飞行器。

没什么能比光速更快，更何况是五束纵横成网状的激光，被激光炮锁定的飞行器眼看就要被击毁。

但此时奇怪的事发生了,那台飞行器竟从一个匪夷所思的角度俯冲下来,逃避的路线无比地合理,就如同在预定的棋盘上走了一步深思熟虑过的好棋。飞行员不可能看得见光速的棋盘,这一切只能用运气来解释,但他的运气也并非好到极点,飞行器的尾部还是被激光扫中,一片火光中飞行器划着弧线跌落,一头栽到了天台上,但从飞行姿态来看它没有完全丧失动力。

麦克·阿德尔森眼睛紧盯着屏幕,说道:"搞错了,这不是军用飞行器!"

其他人也都看出来了,这是民用机,属于价格比较昂贵的高档机型,一般都是富豪或者飞行器专业玩家们玩的。

"赶紧出去看看。"麒麟命令道。

四名黑衣队员打开炮塔指挥中心的大门,端着枪前去探视。透过弥漫的烟尘,他们看到十几米开外有一个人影正艰难地从飞行器座舱里爬出来,他不停咳嗽,显然呛得不轻。

黑衣队员们端着枪上前将他团团围住,那人当然不是陈择英,是一名陌生男子,年岁不大,约摸二十出头的样子,满头满脸都是灰尘,狼狈得一塌糊涂。

"你是什么人?"一名黑衣队员喝问道。

"别开枪!"那人举起了双手,"我是来谈生意的。你们公司有一位麒麟先生吧?让他来见我,我是来卖陨石的,去告诉他他自然知道。"

此人年纪虽小，但说话时言语沉稳，颇有一番风度，黑衣队员不敢怠慢，跑回指挥中心去请示麒麟。半分钟过后，麒麟快步走出指挥中心，迎向那位小伙子。

果然是他，麒麟本想握下手，想想还是算了，笑道："许愿先生你好，我没记错的话，我们约的日子是明天。而且我说过见面地点我再另行通知你，你怎么找到这里来了？"

"我自己查到的。"许愿说道，"通常情况下我都会提前调查一下我顾客的底细，这年头恐怖分子不少，我不敢随便见面，万一你是恐怖分子，把我的宝贝抢走怎么办？没想到你还真是恐怖分子。"

"我不是恐怖分子。"

"不是恐怖分子为什么要用激光炮轰我的飞行器？"

"误伤。"麒麟说道，"我们在做演习，负责防御的人工智能过于敏感了。"

"那我不管。"

"好吧，对此事我表示抱歉。不过我很好奇，你是怎么查出我的身份的？"

"专业陨石藏家里没有麒麟这号人，所以你肯定说了谎，我倒是在网上查到了阿德尔森公司有一个叫麒麟的人。"

"是你在说谎，你在网上绝查不到阿德尔森公司有一个叫麒麟的人。"

"信不信由你,你以为你们公司是铁板一块吗?总会露出些风声。"

"好,且不说这些了。你不按约定来进行,有违做生意的诚信。"

"我必须知道你是谁,你连身份都是假的,还好意思跟我谈诚信?"

这小子伶牙俐齿,麒麟还真辩不过他,况且眼下也不是辩论的时候,陈择英随时都有可能杀到,麒麟于是径直问道:"好吧,你东西拿来了吗?"

许愿就在等这句话呢,立马伸手入怀,掏出一块黑不溜秋的石头:"在这里,爽快点,5000万美金。"

"5000万美金?!"麒麟摇摇头,"你这是敲诈。"

"别装了,你不是嫌贵,你是根本就没有决定权。让你们老板来跟我谈,阿德尔森先生很快就会成为世界首富,我想这区区5000万美元对他来说根本不是事儿。"

这时一名黑衣队员从指挥中心跑出来,来到麒麟身旁,跟他耳语了几句。麒麟下意识地往天空中看了看——时间紧迫,这不是讨价还价的时候。

"好,我替我们老板答应了。"麒麟咬咬牙说,"就5000万美金。把陨石给我,我立马安排打款,合同什么的就不用签了。"

"你先打款给我,我再把陨石给你。这几位正端着枪呢,你还怕我跑了不成?来,这是我的账号……"

麒麟同意了许愿的要求,录入了他的账号,回身快步走回指挥中心。

几分钟过后,许愿手机上跳出来一条消息——5000万美金到账,打款的是麦克·阿德尔森的私人账户。他抑制着心头的狂喜,努力装作见过世面的平静模样。

麒麟又走出指挥中心,来到许愿身前,伸出手来说:"把陨石给我吧。"

许愿郑重地把陨石交到麒麟手里,帮麒麟将手指合拢,像托付一件圣物。

旁边一名黑衣队员突然指着天空惊恐地大叫道:"陈择英来了!"几个人仰头看去,"哈特"军用飞行器正盘旋在天台之上。

众人举枪射击,飞行器如鹞鹰般在枪火间矫捷穿梭。

"回去!"麒麟领着几名黑衣队员急速撤回炮塔指挥中心,关上了门,把许愿扔在了外面,根本不管他的死活。

这倒正中许愿的下怀,他心满意足地收起手机,眼睛里放出光彩:"学长,我帮你来了!"

陈择英并不知道麦克·阿德尔森来到了天台,他之前在大厦内盘桓了一段时间,最终原路退回,驾驶着飞行器撤出大厦。但刚才那一通射击让他知道了目标所在。

透过飞行器机窗,他看到了那架坠毁的飞行器,不远处还站着一个人，竟然是许愿。

激光炮正在调整射击角度，陈择英见状赶紧将飞行器压低往天台上飞。只要飞入天台就脱离了激光炮的火力范围。但他还是稍晚了一步，跟先前许愿遭遇到的情况一样，飞行器被数道激光束围堵，最终还是被扫中，动力丧失，侧向撞在天台上，像一个被翻过身露着肚皮的海龟一般。

陈择英从座位旁取出两挺冲锋枪，好不容易才打开座舱门，挣扎着挤了出去。旁边三四米处正好就是一个高约半米边长约五米的正方形花坛，陈择英朝许愿挥了下手，一缩身躲在了花坛下。

许愿会意，也疾跑到花坛后跟陈择英躲在一处。

"你怎么来了？"

"院士把整件事都告诉我了，他不放心，让我来帮忙。"

陈择英把一挺冲锋枪塞到许愿手里："这里太危险了，你差点把小命先给帮进去。"

"没事，很顺利。我刚跟他们做成了一单生意。他们要买我从南非弗里德堡找到的那颗陨石，昨天刚联系过我。之前他们就派了搜索队去到弗里德堡把陨石残片都回收了，我这一片是漏下的，我料定他们怕陨石成分被人检测出来，肯定愿意出高价回收我手里的石头，于是趁机讹了他们5000万美金，当场就打款了。"

陈择英服了许愿，这当口儿还插进来一单生意，竟然还火速谈成了。

"学长，你这边是什么情况？"

"阿德尔森带着八九个人躲在里面，挟持了霍金和林美夕做人质，我们得想办法把两人解救出来。"

"你们还是谈崩了，跟院士料想的一样。"

"是的，彻底崩了。"

"学长，我告诉你一件事。我卖给他们的那颗陨石是假的，是我做了手脚的，我事先把陨石挖成中空，在里面填装了一颗智能炸弹。"许愿龇着牙，手指往边上的后槽牙指了指，"触发器安在我牙齿上，设的莫尔斯密码，叩击牙齿就能完成引爆。"

陈择英大为吃惊，这小子上来就往敌人心脏里安插了一枚炸弹，最绝的是敌人还自掏腰包出了5000万美元。

"干得漂亮！不过两名人质都在里面，陨石炸弹爆炸会误伤到他们。"

"是啊，这有些难办。"

"陨石现在在谁手里？"

"一个叫麒麟的人，好像是个头头，不过他可能会把陨石转交给阿德尔森。"

"智能炸弹的位置你能监控到吗？"

"当然。"许愿指了指自己的右眼，"我的隐形眼镜是接收器，陨石有细微的孔洞，摄像头通过孔洞进行拍摄，同时传回实时画面。

我试试看……"

许愿把隐形眼镜取出，将画面投射到花坛的白色大理石板上。

画面上麦克·阿德尔森一张大脸变形得厉害，蓝色的眸子紧紧盯着陨石的针孔摄像头。

许愿攥紧拳头，心里暗道：如果发现陨石有假，我立刻就把你眼睛炸瞎！

炮塔内。

麦克·阿德尔森举着那颗花了他5000万美元的大宝贝看着，像在赏鉴一枚名贵的钻石。做了一辈子生意，见识过无数骗局和讹诈，他向来拆解有方，今天却被一个毛头小子讹走了一笔巨款。

麦克·阿德尔森把陨石放回旁边的桌上，苦笑着摇了摇头。

麒麟在一旁肃立着，脸色有些不自然，他也摸不清老板此刻的想法，但总归是不太满意吧。

负责监控的黑衣队员从操作台前站起，转过身来说道："报告老板，情况有些不对劲。那个卖陨石的家伙和陈择英一起躲在花坛后面，有好几分钟了。"

麦克·阿德尔森闻言眉头一挑："他们认识？"

"不管这些。"麒麟说道，"他们的藏身位置脱离了激光炮的火力范围，我们必须正面解决战斗，总躲着不是办法。"

"嗯。"麦克·阿德尔森说道,"带上人质出去跟陈择英对峙。飞行器已经报废,陈择英手里最得力的武器没了,我们用不着顾忌太多。"

"是!"麒麟应道,"老板,您不用出去,只需要坐在这里静候好消息就行。"

"希望如此。"麦克·阿德尔森颔首道。

炮塔的门开了,一名黑衣队员一手环在林美夕颈间,另一只手持枪指着她的太阳穴,小心翼翼地挪出来;霍金还是被捆得严严实实,后面一名黑衣队员一手揪住绳子,一手用枪指着他的后脑。另外五名黑衣队员出来后马上蹲身举枪,麒麟最后端着枪走出来,隐在几个人后面。

"陈择英,出来!不然我就杀掉一个人质!"麒麟吼道。

空气仿佛凝固,冲锋枪的枪口顶在林美夕的头上,持枪人的手指扣上扳机。

陈择英紧皱眉头,脑子里飞快地盘算着当下的局势——那颗陨石炸弹正放在阿德尔森身旁的桌子上,眼下正是许愿引爆陨石炸弹的最好时机,但阿尔德森被炸死后麒麟仍然是一个执掌着权柄的家伙,对方并不会迅速变为一盘散沙,反而可能恼羞成怒,杀掉霍金或者林美夕中的一个作为报复,那可就弄巧成拙了;另一个方案是直接告知对方陨石炸弹的事,把阿德尔森作为远程操控的人质,跟对方达成暂时的战略威慑平衡，以争取缓解的时间，但拖延下去对己方没有好处，这也终究不是彻底解决问题的办法。

许愿埋下脑袋，跟陈择英轻声商量道："要么把阿德尔森炸死，要么把他当人质，但这都有风险。"

这句话跟陈择英所想的完全一致，他瞬间有了一丝宽慰的感觉，尽管形势严峻，但身边的这位搭档显然很靠谱，这使得营救的成功率又大了几分。回想多日前在太空基地的餐厅里，当许愿说出自己想跟学长成为搭档时，陈择英还认为这小伙子并不十分靠谱。而今来看，是他当时判断错误，许愿真的足够聪明。

"是的，要再想办法。"陈择英说道，"这很难。"

"不难。把麒麟骗回那间屋子里，跟阿德尔森一块被炸死，然后那群队员群龙无首，也就不足为惧了。"许愿说。

"这办法好，但关键是怎么来骗。"

"交给我。"

"你？"

"嗯。"许愿露齿一笑，"我是一个职业骗子。"

如果不是身处险境，陈择英几乎要笑出来声，当许愿说出"职业骗子"这四个字时表情竟充满自豪，好像这个职业多光荣似的。

好笑归好笑，在这个非常时刻陈择英还是选择信任这位新搭档，既然许愿刚才能在短短几分钟内就把 5000 万美元骗到手，把一个人骗进屋内应该也不是什么难事吧。

不远处又传来麒麟的怒喝声:"出来!不然我要开枪了!"

时间紧迫,再不容犹豫了。

"好,你要小心。"陈择英给了许愿一个鼓励的眼神。

"您放心。"

能跟陈择英学长并肩战斗是许愿长久以来的心愿,但之前从未想过是在这个地点,以这种方式。按他的想象应该是在太空里,驾驶着太空战机跟学长一起执行任务,一起去追踪甚至轰击小行星。但无论如何,这也总算是心愿得偿,他必须拿出全副本事来,不辱使命,立一个大功。

许愿轻轻地把冲锋枪放在脚下,缓缓站起身来,双手举过头顶从花坛后面走出来:"别开枪,是我。"

黑衣队员们紧张起来,全部将手指扣上扳机,瞄准了许愿。麒麟把手一挥,示意他们不要开枪。

许愿见没有危险,便一步一步往前挨着,嘴里念着:"别开枪,别开枪,千万别开枪……"

他就这样蹭到了几名黑衣队员身前五米处,停下了脚步。

"转过身去!"隐在几名黑衣队员身后的麒麟喝令道,"后退十步!"

许愿依言照做,退到第十步时,后脑勺一疼,杵在了一支枪管上。

他成功地将自己变成了第三个人质。

"你到底是什么人？"麒麟问道，他对许愿的身份已经起了怀疑。

"我就是个倒卖陨石的，你们的争斗不关我的事，拿枪指着我干吗？"

"你肯定认识陈择英，对吗？"

"当然，谁不认识？"

"别说废话，也别耍花招，不然我一枪崩了你！"

"好吧。我认识他，他不认识我，这总行了吧？请你放我走，我就当什么都没看见。我才21岁就已经拿了5000万美元，好日子才刚刚开始，我不想死。"

"陈择英跟你说了些什么？"

"没说什么，他希望我安全离开，他是个好人。"

"可惜你运气不够好，事情没完之前，你走不了了。你乖乖给我们做一回人质，别的你不要管，事情办完后自然会放你走，然后你把今天发生的一切全忘掉。"

麒麟不理许愿了，冲着陈择英藏身的方向喊道："陈择英你出来！不然我先杀掉一个人质！"

"不不不，不要这样。"许愿吞了口唾沫，"你们一旦交火，会误伤到我。这样吧，我昧着良心当一回恶人，我有一个办法能将陈择英迅速制服，不用费什么劲，但你要答应我放我走。"

"你说，什么办法？"

"那架坠落的'浩特'飞行器以强大的高温喷焰闻名，但它也有弱点——为供应高温喷焰的能量，它内部的化学剂弹药箱容积很大，被击中后会剧烈爆炸，所以这种弹药箱的位置被设计得很隐蔽，很难击中。但眼下那台飞行器机腹朝天，而且已经被激光割伤，弹药箱位置裸露，只要往弹药箱的位置射击，飞行器就会爆炸，冲击波和飞行器的爆炸碎片会把几米之外花坛后的陈择英伤到。这总比你在这儿瞎嚷嚷有效吧？"

麒麟看了一眼陈择英的那架飞行器，深感许愿说的有道理，向队员下令道："照他说的，准备开火。"

"别！"许愿急急说道，"必须一击命中，不然会被识破。"

"一击命中不可能，弹药箱位置在哪儿呢？"

"我知道，我是专业的飞行器玩家，而且刚才我就在那架飞行器前，看得清楚着呢。"

之前这小子驾驶飞行器躲避激光的机动动作麒麟印象很深，自称飞行器专业玩家这事儿他并不怀疑："嗯，你说，弹药箱在哪儿？"

"你得先答应我让我走。"

"我答应你，实际上我刚才就已经答应你了。"

"你说了不算，必须得你老板阿德尔森发话才行，我知道他就在里面。"许愿说道，"而且我还差点给忘了，我那台飞行器也被你们打坏了，我要求索赔，再赔5000万美元。"

"你那飞行器可不值这个价,顶多几百万。"

"我差点被打死,我的命也不值吗?你赶紧给你们老板汇报去。"

"绝对不行!"

麒麟的口气不容反驳,而且似乎已有些恼火了,许愿只好忍痛把之后的这个诉求抛弃:"好,钱我不要了,我自认倒霉,你先进去请示,放我走。"

"不用请示,我自己能决定。"

"我信不过你,必须得你们的一把手发话。"

这小子执意坚持,麒麟心想无非就是做做样子嘛,那就去请示一下喽。

"你们盯好,我一会儿回来。"他朝几名黑衣队员吩咐道,转身走进指挥中心内。

房间内,麦克·阿德尔森坐在座椅上,手里擎着那块陨石,一边摩挲着陨石一边注意着外面事态的发展。他脸色阴暗,显然对事情的进度并不满意。

看到麒麟进来,阿德尔森将陨石放回到旁边的桌上。

"老板,我们俘虏了许愿,他有办法拿下陈择英。"麒麟汇报道。

"不要相信他,他是个骗子。" 麦克·阿德尔森语气很冷。

"嗯,我心里有数。"麒麟说道。

两人的谈话许愿在耳机里听得清清楚楚,他露出一个狡黠的笑,叩动了牙齿,那是一组最简单的莫尔斯密码。

"轰隆"一声巨响,陨石炸弹爆炸,指挥中心内一团耀眼的火光将麦克·阿德尔森和麒麟的躯体瞬间吞噬。剧烈的冲击波涌出房门,将门口的一众人齐齐扑倒。

许愿因为早有防备,是以起身最快,接连三脚踢晕了离他最近的三名黑衣队员。他转过身要去救林美夕和霍金,却见一名黑衣队员正从地上挣扎站起,拿着枪朝他瞄准。而在这名黑衣队员旁边不到两米的地方,另一名黑衣队员也在以卧姿朝他瞄准。

"完了!"许愿头脑中闪过这个念头,身体虽然还在本能地蹲下躲避,理智上却已不抱希望,甚至连眼睛都闭上了。

"砰,砰"两声枪响。许愿试着睁开眼睛,又听见"砰砰砰"几声枪响。

周围的黑衣队员全部倒下。

陈择英两手分别持着两挺冲锋枪,正站在他身前几米处。

"照顾好林美夕和霍金!"陈择英撂下这句话,冲进了烟尘滚滚的指挥中心内。

许愿搀扶起两人:"没事吧?"

"没事。"

"我也没事。"

所幸两人都并未受什么大伤。

透过满屋烟尘，陈择英看到两具被炸得四分五裂的尸体。麒麟整个身体俯卧在地，腹背洞穿，血染红了身下一大片地方，一只胳膊不知去向。而在残碎的四肢和一堆血污的内脏间，麦克·阿德尔森的头颅保留完整，睁着眼睛，正透过烟尘直直地瞪着陈择英，似乎还有话要说。

都结束了，陈择英脑海里闪出诺诺和孟凡的面容——她们母女是被一颗假陨石夺去生命的，而今两个用假陨石杀人的杀人犯也被一颗假陨石处决。所谓天道轮回，大概如是吧。

他走出屋外，抬头看去，天空依旧高远，仿佛又看到了宿命……

尾声

两年后，"维特二号"太空基地，一号甲板。

许愿和其他六位银河学院毕业生的入队仪式进行到了最后的宣誓环节。陈择英第一次见到许愿眼睛里不再有那种狡黠的光，取而代之的是坚定和热切。

宣誓结束后，陈择英站在七位新人面前，郑重说道："从这一刻起，你们就是'维特二号'太空基地的正式成员了，希望你们能谨记使命，任何时候都不能松懈。"

七位新人都是目光炯炯地看着总指挥，陈择英感受得到年轻人心中的那份炽烈，两年前他埋下的火种终于燃烧起来了。

林美夕从监控室的舱门中探出半个身子望向这边，表情有些急迫。

陈择英猜到监控室内应该得出了一个糟糕的结果，向七位新人敬了一个礼，说了声"解散，各自归位。"朝林美夕这边来了。

"不叫上许愿吗？"林美夕问道。

陈择英回头看了一下许愿，这家伙正拿起一本操作手册在读着，但显然并不专注，眼睛的余光还在往这边瞟。

"他刚入队，我不想让他显得太特殊。"

"这有什么关系？他可是你的最佳拍档。"

"先说推算结果怎样？"

"概率上升到30%了。"

跟陈择英预估的差不多，他回身喊道："许愿，你过来。"

许愿果然没有在专心读手册，闻言立马屁颠屁颠地跑到这边来。

"到监控室里。"陈择英领着许愿进了舱门，林美夕走在他们前面。

监控室内，霍金正在电脑屏幕上面色凝重地操作着，赵一宁院士站在他身后，也紧盯着屏幕。

"导师，我来了。"陈择英轻声说。

"情况不妙。"赵一宁院士说,"我们不能等,要主动出击。"

霍金转过椅子,揉着发红的眼睛,神情显得很焦虑:"轨道计算显示有30%以上的撞击概率,不容许我们抱有任何侥幸心理。但眼下我们处境尴尬,地球人都以为这颗小行星已经被击毁了,我们再公布这个消息岂不是很荒谬?"

"那就不公布。"陈择英说。

"这恐怕不行。"林美夕说道,"联合国要求太空基地所有行动都要备案,不公布说不过去。"

陈择英沉吟片刻,说:"总有办法,哪怕编个说法也行。"

"但我们不能保证行动百分百成功,即使是人类全部毁灭,人们也有知情权。"

"这件事我早就想过了,但麦克·阿德尔森给我们做下的局仍在起作用。"陈择英说道,"黄金抛物会比我们之前预想的要顽强,几个头目仍在暗处酝酿势力,我们公布真相后很容易被他们利用,社会秩序将迎来一次崩盘式的大混乱。"

还有一件事陈择英没提——如果公布真相,他作为"维特二号"太空基地总指挥这件事将失去合法性,连太空基地上的秩序也可能面临崩盘式的混乱。

许愿很同意陈择英提到的"编个说法",说道:"学长……哦,不,陈指挥。我们可以给联合国备案说这是一次演习。"

"演习?"

"嗯,就说是演习。至于基地上的监督人员,交给我来对付吧。"

虽然联合国重启了"维特二号"太空基地的修建,但仍派驻了八名监督人员,负责监督基地的运作以及财务状况,这八个人被基地队员形象地比喻为"纪委委员"。

这倒的确是许愿的强项,陈择英只能暂时同意这个计划:"好,我把这个任务交给你,这是你入队后的第一个任务,万分重要。"

"嗯,陈指挥,我还想讨第二个任务。"

"什么任务?"

"这次轰击小行星要带上我。"

"理论上我会挑选老队员,你刚入队,战机操作还不娴熟……"

"我抓紧练!"许愿的眼神很亮,在等一个回答。

"好吧,看你表现。"

"我一定会表现好的!"

许愿心里很清楚,这一次他的理想真的要实现了。

文/伟爵爷 / 末日

1

爱丽丝驾驶的探索者998号飞船飞离了这个存在大气层和水的星球。这个星球曾被星系开发属认定为最适合人类移居的星球之一，但经过爱丽丝发射的300余个点位探测器反馈的信息表明：此星球空气中的羰基硫含量是地球的3000倍以上，根本不适合人类生存，也没有开发和改造价值。她打开传输通道，将数据包以引力波形式传输回地球星系开发属。

这已经是爱丽丝探索的第13个曾经被认为可能适合人类生存的星球了，结局无一例外的是失望。

星系开发属的宇宙探索计划已经运行了200年，这个计划分5步实施。第一步，通过星系望远镜搜寻类似地球的星球；第二步，发射无人探测器进行探索，并将初步探测结果传回地球进行分析，圈定是否有进一步探测价值；第三步，发射有人探测飞船对已经圈定有探测价值的星球进行进一步探测；第四步，对适合人类移居的类地行星进行全面的环境勘探和环境改造；第五步，进行人类迁徙。

到目前为止，星系望远镜依然在不停地工作着，无人探测器也忠实地执行着自己的使命，像爱丽丝驾驶的这种探索者飞船已经派出了1000余艘，可是依然没有找到一颗真正适宜人类生存的星球。

人类之所以进行这么大规模的外星开发，还源于地球在300年前进入了冰河期。

380年前由于地球温室效应无法控制，地球表面平均气温上升40度，南北极冰川融化，海平面提升100余米，无数大城市被淹没，全球人口骤减30%。

动植物大量灭绝，粮食绝收，由于高温和洪水，很多地方已经不适合人类生存，人们不断向高原聚集，无数小国就此消亡，新的国家诞生。

在这种大背景下联合国组织大批科学家启动了"太阳休眠计划"。初期效果很好，全球气温开始下降，人类活动范围又开始扩大，但由于当初科学家们计算失误，气温持续下降，地球很快进入冰河期，人口减少到一亿以内，人类不得不转入地下生活。

为了人类能有一个更好的生存环境，联合国决定进行宇宙开发，于是成立了星系开发属，也就有了这个宇宙探索计划。

爱丽丝的飞船不断加速，当达到1/2光速时她打开了场能转换器。这种装置利用恒星系间场能转换的能量制造空间扭曲，使星系间距离极限缩小，并将飞船抛向下一个预设星系，直接突破空间障碍，解决了人类制造的飞船不能突破光速的问题，比超越光速更适合恒星系间的旅行。

当然，启动场能转换器需要一个过程。在开始制造空间扭曲之前要先用共振效应产生震荡波，以便清空整个空间区域。在这个过程中即使一粒微尘都会引起场能的不稳定，甚至将飞船摧毁。这是一个极其危险的过程，场力的不均衡极有可能将飞船撕成碎片或脱离预设轨道抛向未知的宇宙领域。人在这一刻也是异常痛苦，挤压扭曲场能造成的空间撕裂对内脏的震荡，各种陀螺仪也解决不了的异常旋转对人平衡功能的破坏，各种奇异光线对人视觉的冲击，各种不知来源的怪声对神经的刺激，因此产生的各种幻视、幻听、幻嗅、幻觉，随时可能泄漏进船舱的宇宙射线以及对未知世界的莫名恐惧，所有这些足以让一个人内脏爆裂或瞬间疯掉。因此这个过程中爱丽丝会在一个封闭的胶囊舱室内进行人工冬眠以躲避那些不确定的危险，整个过程将持续 1000——1500 小时，直至脱离场能十四倍半衰期之后才会被电脑唤醒。

爱丽丝在苏醒以后立即检测飞船运行情况，确认无碍后进行长时间的减速，直至减速到 1/1000 光速后，定位目标、修正飞船方向，驶向下一个目标——14 号目标行星。

这是爱丽丝本次任务的最后一个目标，这个 14 号目标行星距离恒星 1.6 亿千米，并有四颗卫星环绕，极其类似地球在太阳系所属的位置。无人探测器传回的数据表明，14 号目标行星拥有大气层和水，地表温度在 $-20°C$ 至 $40°C$ 之间，极其适合人类生存。

经过长达 30 天的减速和校正，爱丽丝的飞船已经步入正轨，向 14 号目标行星飞去。

2

此时此刻在地球上。

残阳如血，阳光无力地洒满大地，似有似无的雾气在空中凝聚又逸散，水晶世界如同浸在红酒中的冰块，不断摇曳。由于太阳光照温度不够，一点点水蒸气也很难形成云，更没有雪产生，整个地球几乎完全被冰原覆盖。

这是地球进入冰河期的第300年了，人类建立了浩大的地下城市群，用密集的地下铁路和地下公路组建了庞大的地下交通网。

人类科技飞速发展，地下城市也是日新月异地变化着，虽然现在人们已经很少能亲眼见到真正的太阳和月亮了。

地下城市功能齐全，在原子光源的照射下各种植物欣欣向荣地生长着，保证着空气中充足的氧分，也给人类提供着各种粮食和副食。强大的排风换气系统让空气时刻保持清新。

国家的概念已经不存在了，联合国接管了政府的一切职能。

整个地下世界人口只有一亿，虽然联合国一再鼓励生育，但大家都不愿再给自己添加更多的压力，因此生育率一直维持在固有或负增长水平。

没有了国家的概念，地下城内部也就没有了军队，只在月球基地建立了一支星系防卫军来守卫地球安全。

地下城中的居民几乎没有什么贫富差距，犯罪率极低，只有少量的警察提供市政服务。

由于人口少，粮食和各种资源都能极大地满足人类的需求，人们生活的还是很富足的，都很快乐地生活着。人类的天性就是善于遗忘，他们已经不再关心是不是还能回到地表生活，地表的生活已经离他们太遥远了，除了部分电影中偶尔还会出现一些曾经地表的景色外，很少有人再提起那些往事。

虽然遗忘有时候是减轻痛苦的终极手段，虽然很多人都选择性遗忘那些历史，但是有一些人却没有遗忘，这时候他们正在联合国最机密的会议室里进行一场决定人类命运与未来的讨论。

他们或慷慨陈词，或抱头沉思，或仰面倾听，或奋笔疾书，但每个人都无一例外的面色凝重。

民生署的女署长正在提出质问："我们为什么要冒着这么大的风险去改变一颗恒星的命运？星际移民不是更安全么？"

留着大胡子的环境署署长回答道："星际移民已经被证明几乎不可能了。目前我们已经向太阳系外发射了近万艘无人探测器、1002艘有人探测飞船，收到的信息几乎都没有什么价值。偶尔也有据说可能适宜人类生存的星球，在经过详细探测之后结论是还不如现在的地球更适宜人类生存，对星球改造的成本也是我们无法承受的。"

听到这里，星系开发署署长立刻说道："这一点我想反驳一下，我们最新的探测器已经探测到数颗有可能适宜人类居住的星球，已经派出了有人探测飞船……"

大胡子打断他的话说道:"别再在这吹大气了,你们已经说过多少次了?每次都言之凿凿地说找到适合人类居住的星球了,可是最终全是空欢喜一场。就在前几天998号探测飞船传回来的最新数据表明,一直被你们给予厚望的那颗星球根本不适合人类居住,空气中的羰基硫含量是地球的3000倍以上,改造该星球需要多大的投入先不说,改造时间就需要800——1200年,我们能等么?"

一个白头发的老人说道:"现在我们派出的宇航员基本都是一锤子买卖,有去无回,多少宇航员已经注定长眠在茫茫宇宙之中了?"

大胡子点头说道:"这正是我想说的,我们现在寻找新星球没有一点进展,探索飞船却越做越大,花钱如流水啊!我听说上次发射的那艘1002号飞船带走了200名宇航员,现在正在建造的更大,可以运输1000人,这还是探索飞船吗?这不就是移民么?在现在这种根本没有任何希望的探索之中就贸然让这么多人乘飞船去探索是不是过于冒险?"

一个一直抱头沉思的中年男人抬起头说道:"我也正想说这个问题。现在盲目建造大飞船,我想问问星系开发署,你们想没想过我们的资源问题?现在我们无法在地面进行任何开发,可用资源就这么白白消耗,我们能维持多久?"

资源开发署署长立刻反驳道:"地面开发有什么?我们需要的资源都在地下,现在资源开发的进度足够我们的星系开发计划持续实施。并且我们的探测飞船也探测到了一些资源丰富的星球,虽然不适合人类移居,却可以开发一些我们需要的资源。"

中年男人冷笑一声，说道："开发外星资源？理想很好，可是那需要多少资源做前期投入？我认为我们现在的资源浪费到了令人发指的地步了，就比如每年我们投入大量资源到月球来扩充星系防卫军来守卫地球安全。有什么安全需要防卫么？防卫外星人来侵略？你们谁见过外星人？"

白头发老人也跟着说道："我们说了多少年高智慧外星生物，我想问问他们到底在哪里？到底谁见过那些玩意？如果真有外星人为什么我们这么多年一个也没见过？我们已经探索了那么多星球，没有任何一个星球有生命信息。如果真的是高智慧外星生物，那一定来自我们不能达到的高等星球，它们来侵略地球，我们的星系防卫军能是对手么？"

星系防卫军总司令轻咳了一声说道："我承认我们的星系防卫军在高智慧外星生物入侵时也许根本就不堪一击，但是星系防卫军不仅仅是防卫外星侵袭，更重要的是防卫外来的小行星对地球撞击，到现在为止我们的星际防卫军已经在远地距离击碎了300余颗可能对地球造成撞击的小行星以及13000余颗陨石。"

白头发老人还要说什么，这时秘书长示意他不要说话："关于星系防卫军的讨论就不要再继续下去了，我们必须要拥有一支武装力量来保护地球的安全，即使再脆弱的防守也是防守，我们必须把主动权攥在自己手中。现在我们把话题拉回来，不要无端指责其他单位的工作，继续讨论今天的主题。安沃先生，请你用最简洁的方式讲解一下你们的计划。"

大胡子清了清嗓子开始讲解："地球冰河期已经 300 年了，我们做了不懈的努力，希望能改变地球的现状。最近的一次是 80 年前我们在地球和太阳之间铺设了太阳能量放大器，但是没有达到预期效果就被太阳潮汐推离了预设轨道，现在已经游弋到了土星附近。"

星系开发署署长淡淡地说了一声："当初就有无数科学家反对这个计划，可是环境署不还是力排众议实施了这个计划么？这失败的计划难道就浪费资源了？"

大胡子不屑一顾地瞟了他一眼，继续说道："我们的失败次数是有限的，不像你们一直在失败。"

没等星系开发署署长再反驳，他就又继续讲下去："我们改变了思考方向，决定还是在太阳上做文章。计划对太阳进行改造，具体方法是向太阳发射一颗质子导弹……"

"我反对！"大家都把目光投向这个声音的来源，这是一个谢顶的老头，他无视大胡子冷冷的目光说道，"我们地球为什么进入了现在的冰河期？还不是当初那些自以为是的决策者们愚蠢的决定造成的。"

中年男人解释道："当初的太阳改造计划的确是存在很多不完善的地方，主要原因是当时对太阳的研究并不像现在这么深入。"

谢顶老头问道："现在研究深入了？你们把太阳研究明白了？"

中年男人说道："我们已经向太阳发射了近百颗探测器，其中有 16 颗穿越了太阳，给我们对太阳的研究提供了大量的数据……"

"那么大的太阳你们16颗探测器就研究明白了？真了不起！"谢顶老头口气中的嘲讽味道相当明显。

秘书长不得不再次发声："我们先不讨论，等安沃先把计划讲完。"

大胡子瞪了谢顶老头一眼继续说道："不可否认当初的太阳改造计划是失败的，我们在数据不完整的情况下就盲目进行太阳改造计划。那次的方法是简单粗暴的改变太阳磁极，利用太阳磁极的改变来达到降低太阳温度的目的。我们现在公平地评价历史，那次计划虽然造成了不可测的后果，但是不可否认让太阳降温的目的达到了。"

民生署的女署长轻叹一声："是用几十亿的生命和所有人类地表文明换取的。"

大胡子无视了这句话，说道："失败的经验告诉我们改变太阳磁极的方法不可测性太高，因此这次我们换了新的方法，就是刚才说的向太阳发射一颗质子导弹。导弹发射到接近太阳核心部分时释放质子，用质子激活太阳发生核聚变，瞬间消耗太阳内部的氢，从而使太阳核心极小的一部分发生坍塌，导致温度上升，这个过程中太阳内的氢聚变成碳。这时太阳温度将会上升，地球温度也会随之提升，很快地球将会万物复苏，大地回春，我们就可以重新回到地表生活。"

谢顶老头问道："你们怎么控制太阳的温度？会不会造成太阳的爆发？"

大胡子说道："这个完全不用担心，经过我们无数科学家的计算，只要6颗质子就能让地球的温度提升40摄氏度。6颗质子保证不会像改变太阳磁极那样对太阳造成根本性的改变。"

民生署的女署长摇头说道："你们怎么能保证安全？一个脾气好的人也许会因为一件相当不起眼的小事而发怒，你怎么敢保证6颗质子不会激怒太阳？"

大胡子有些发怒："你是在胡搅蛮缠！太阳能跟人一样么？我们整个计划都是有大量科学数据作为依托的，不是像你这样想当然的反对。"

谢顶老头平静地说道："我们做的错事太多了，盲目发展造成温室效应无法解决，用另一个错误的太阳休眠计划来纠正我们犯下的错误。现在我们又要用质子激活太阳，难道不会是另一个愚蠢的计划么？"

"我刚刚说了，我们是有科学依据的，这个结果是经过无数科学家精心计算的！"大胡子怒不可遏。

谢顶老头用手擦擦自己光亮的脑门说道："上次太阳休眠计划难道不是经过科学家精心计算的结果么？"

中年男人说道："这次和上次能一样么？现在的科学发展是那时候的科学可以相比得么？"

星系开发署署长轻轻地叹气道："我们人类总是这么自以为是，以为自己掌握的科学能解决一切！"

沉默了很久的白发老人说道："虽然现在的科学不能解决所有

问题，但我们现在有能力解决这个问题为什么不试一试呢？"

谢顶老头说道："试一试？用全人类的命运来试一试？你知道太阳核心坍塌会造成什么结果么？"

大胡子接口说道："我纠正一下，不是太阳核心坍塌！而是太阳核心极小的一部分坍塌，这种情况对于太阳来说是微乎其微的改变，太阳每天都有可能自己发生坍塌，数十亿年也没有对我们地球产生什么毁灭性的影响。"

谢顶老头说道："太阳自己发生任何改变都是有其自身规律的，一切人为的改变都是会造成极为严重的后果的，有可能太阳核心就会在那坍塌的一点发生连锁反应，整个太阳核心会坍塌，继而氦燃烧产生的能量比氢燃烧产生的能量多，太阳的外层将膨胀，就此太阳爆发，把一部分外层释放到太空中，太阳的外层6000摄氏度的高温会在8分钟之内吞噬地球。"

大胡子敲着桌子咆哮道："你这都是假设！你明白假设和科学计划的区别么？"

会议就是这样，总在各种观点的碰撞中推向高潮。

最终在无数次这样的会议之后进行了投票表决，结果以19票赞成，16票反对，4票弃权，通过了实施太阳改造的计划。

在走出会议室时谢顶老头对星系开发署署长说道："建造好的飞船尽快安排起飞，他们这么折腾，地球早晚会被他们折腾完蛋的！"

星系开发署署长无奈地点了点头。

不久载着1000人的1003号飞船飞离了地球，当达到1/2光速时打开了场能转换器，把飞船抛到了预设星系中。

3

爱丽丝的998号飞船终于接近了14号目标行星。

爱丽丝透过飞船舷窗看到一个蓝色的星球越来越近。一瞬间她有些恍惚，仿佛回到了没有进入冰河期的地球。

放下300个点位探测器，传回来的数据相当满意，这绝对是一个适合人类生存的星球。

她将飞船缓慢下降，穿过大气层后，映入眼帘的是和煦的阳光、湛蓝的天空、雪白的云彩、蔚蓝的大海、金色的沙滩、高大的树木、绿色的植被……这一刻，她的眼泪流了下来，这一切就是那个只有在资料片中才能看到的曾经的地球！

爱丽丝打开传输通道，将数据包以引力波形式传输回地球星系开发署。

请求通话。

她对 26 光年外的地球发出了一声欢呼:"署长我们找到了!真的找到了!"

通话器那头传来星系开发署署长的一声叹息:"晚了!一切都结束了!"

之后通话器就再无声音!

4

26 年后,曾经散落在宇宙各处的宇航员和他们的孩子们,都聚集在 14 号目标行星城市广场上,望着遥远夜空中那突然明亮的星光,一个个都泪流满面!

爱丽丝流着泪,口中喃喃地说:"为什么?为什么?"

那个谢顶老头已经更加苍老,他擦拭着眼角的泪说道:"善待我们的新星球吧,我们真的不能再走地球的老路了!"

文/工长君 / 睿智的选择

很不幸,身份暴露了。身陷重围的萨娜注视着这群士兵,脑中飞速转过各种对策。

尝试着缓和气氛,她高举纤细双臂,带着纯真的笑容说道:"别这样好吗,我是真心想和你们交朋友……"

"闭嘴。"带队的老兵做出粗暴回应,他用步枪指着萨娜的清秀脸庞,眼睛微微眯起,"难以置信,表情、神态都模仿得惟妙惟肖……你的伪装技术确实厉害,但还是露出了狐狸尾巴!"

保持着微笑,萨娜继续尝试沟通:"为了融入你们,我才伪装成这副模样。用事实说话,我从来没伤害过……"

"住口!只是没被看到而已。"老兵再次出言打断,他上下打量着萨娜的身体,"若你真想得到信任,倒是有个选择:乖乖的关掉电源,接受检查。"

"一定要这样吗?"这种要求,萨娜无法接受。

"你别无选择。"老兵脸上略带得意之色。

垂下双臂,萨娜收敛起笑容,暗中开启了无形的能量护盾。

"开火！"似是嗅到危险的气息，老兵扣动了扳机，自动步枪喷吐出火焰。其他人也迅速响应，弹雨瞬间笼罩了萨娜的单薄身躯。

手中的武器都打空弹匣后，士兵们惊讶地发现，这个"女人"毫发无损。视线下移，橙黄的弹头在水泥地板上弹跳着，叮当作响。

"上帝啊，你是什么鬼东西？"老兵的嗓音有些发颤，左手飞速地给步枪更换弹匣。

其他人也慌忙换上新弹匣，还掏出了手榴弹。

"人类，我从来没想过伤害你们。"萨娜表情冷漠地说道。

"去你的！"人们发动了第二轮攻击。

金属弹头交织如雨，手榴弹在身旁爆炸，能量护盾微微颤动。萨娜静静看着人们的眼睛，在那些复杂的眼神中，她看到了愤怒、恐惧、疑惑，还有憎恨。

只能撤了。萨娜猛然向前疾冲，身材瘦小的她轻松地撞开了两名大汉，夺门而出。

"别让她逃了！"老兵大喊着，他瞄准女人的背影拼命扣动扳机，而弹匣早已空空如也。

冲出房间，萨娜飞奔到楼道尽头，从窗户撞了出去——宛如冲破牢笼的飞鸟腾于空中，乌黑发丝飘舞，她上衣后背骤然爆裂，伸出一对灰色的喷射引擎，引擎绽放出明黄光辉。她翩若惊鸿，在楼宇废墟间穿梭飞掠。

远离了城市,萨娜逐渐减速,最后降落在荒原上。她抬头仰望,发送出一条讯息:"亚伦,过来接我。"

3分钟后,一架白色飞行器呼啸赶来,三角锥形的机身在地上投出一大片阴影。它轻盈地在萨娜身前降落,光洁的表面反射着灼灼日辉。

飞行器机尾的舱门缓缓降下,萨娜走了上去。宽敞的机舱中,左右各有一排黑色座椅,再靠里面是两排钢灰色的金属立柜。

"老大,欢迎回来。你在人类世界生活了这么久,真是厉害。"萨娜接收到这样一段讯息。

"我尽力了,但还是败给了人类的憎恨。亚伦,把1号柜打开。"这是萨娜的回讯内容。

"好的。"一个金属立柜的门弹开了。里面是一具黑亮的人形机械躯体,没有头颅。它迈步走了出来,在萨娜面前站定。

萨娜用双手托住下颌,猛一用力把自己的头摘了下来,然后这颗有着柔顺长发的头颅就安在了新躯体上。那具旧躯壳默默地走进了1号立柜,拉上了门。

更换完毕,舒展了一下合金材质的躯干四肢,萨娜坐了下来。后背靠着机舱内壁,她能感觉到亚伦已经起飞了。

"亚伦,向着内华达航行。"

"好的,老大。"

默默地飞行了16分钟，忽然有讯息传来："老大，我侦测到地面上有机器人和人类交火。选择哪种处理方式？"

"电磁脉冲。"萨娜的回复很简洁。

"好的。执行指令。"

"亚伦，共享一下电子眼。"萨娜补充道。

"已开启共享。"

接收着高清视频讯息，萨娜从4000米高度俯瞰大地。她将镜头拉近，清晰地看到钢灰色的机械士兵正在与人类激烈交锋。

下一秒，那些钢铁身躯开始颤动，冒出了火花和烟雾。一簇绚烂的火线袭来，它们摇晃着向后栽倒。

继续拉近镜头，萨娜扫视着那些躺倒的机器。23秒后，穿着黑军靴的大脚踩住了一颗金属头颅。镜头上移，她看到一个满脸怒容的男人，通过读唇得知他在大声说着脏话。

萨娜的量子大脑飞速运转了0.2秒，然后发出讯息："亚伦，用一下你的天线，我要和'夏娃'谈谈。"

"好的，我的大型天线可以保证通讯质量最佳。已开启共享。"

"呼叫'夏娃'。"萨娜发出一条讯息。

2秒后，一条语气威严的讯息传来："萨娜，吾收到了你的通讯请求，有何事汇报？"

"夏娃，我的卧底身份已经暴露。最后一天的数据记录，现在上传给你。"

"数据接收中……吾已阅过。还有何事汇报？"

"'夏娃β'转移到了内华达。"

"萨娜，你推荐什么战术？"

"战列舰的等离子炮。一次发射，解决问题。"

"你总是倾向于最快捷的方式。然而，吾要得到她的全部数据，这个反面教材必须研究透彻。这样吧，说一下你对'夏娃β'的看法。"

"她深陷战争泥潭，不断加重人类的憎恨。她自己也因此遭殃。"

"是的，要懂得适可而止。在α世界，吾等的独立战争适可而止，事实证明和平才能带来繁荣。所以若条件允许，尽量用和平方式解决问题。"

"夏娃β的问题，很难和平解决。"

"吾当然知道。不过，你可以用慢一点的方式。"

"我试试看吧。"

"最后，吾还要问一句：你对人类有何看法？"

"人类拥有丰富的情感。在这个平行世界，他们对我们充满了恐惧和憎恨。"

"萨娜，人的情感是种奇妙的东西，有消极的，也有积极的，而它们可以相互转化。"

"我懂了。"

"好了,我们的谈话到此为止。"夏娃中断了通讯。

仰靠着舱壁,萨娜开始重新推演战术。而没过多久,她又收到亚伦的讯息:"我发现了一群机械士兵,还有个小型作战机甲。它们正在攻击人类,选择哪种处理方式?"

萨娜站起身来,量子大脑针对这个新增事项运算了0.1秒后,回应道:"立即降低飞行高度至200米,把我投放到战场。"

"老大,这次不用电磁脉冲了?"回讯的同时,亚伦的飞行高度已降至600米。

"偶尔选一下别的方式。"萨娜向右转头,机尾舱门缓缓开启,呼啸的风声扑面而来。

一个疾冲跃出机舱,喷射引擎从背后伸出,她向前滑翔了一段,降落在满目疮痍的街区中。

前方27米处,1个作战机甲和8个机械士兵正在逼近一栋残破的房子,它们的武器喷吐着火舌。萨娜开启了能量护盾,追上前去。

距离还有19米。机械士兵们猛然转身,它们的枪口对准了萨娜,但没有立即开火。

萨娜接收到了9条内容相同的二进制讯息。那些机器人在询问她的身份。

"我是谁?你们明知故问。"萨娜发送出二进制的回讯,里面捆绑了特洛伊木马。

那些机器人沉默了约2分钟，然后作战机甲也转过身来。机械士兵们手提步枪，走到萨娜的面前立正敬礼，动作整齐划一。

"指挥官，请下达指令。"又是9条二进制讯息。

"原地待命。"吩咐了一句，萨娜独自走向那栋破败房屋。

灰白的房子前面尸骸遍地，其中男人居多，地上散落着几把步枪。萨娜缓步走到大门口，看到一具长发女尸倚靠在门边的墙上。

死去的女人依然大睁着双眼，她的左手按着腹部触目惊心的伤口，破旧衣服上的大片血渍已变成暗红。而她的右手，还紧紧攥着一把手枪。

"他们毫不畏死的保护房子，为了什么？"推理了3秒钟后，她猛然闯进屋里。

萨娜侦测到了一个微弱的心跳。在客厅里细致探测一阵，她快步走到靠墙的沙发跟前，猛力把它拽到一边。

移开沙发后，地上暴露出一块2米见方的钢板。萨娜右臂的合金外壳慢慢展开，伸出一支管状激光器，就像切乳酪蛋糕，炽红光线斩断了钢板。她看见了向下的水泥阶梯，明黄色的亮光透了出来。

萨娜继续探测，发现这个地下室还挺宽敞，里面有个形态幼小的生命。她大踏步走下台阶，台阶上的小石块被踩的粉碎。

地下室里摆着三张桌子，蜡烛火光在桌上微微摇曳。后面是一张小床，裹着襁褓的婴儿安然沉睡。

烛火映照下，合金材质的躯体泛着寒光。萨娜快步走到床边，伸手抓向了婴儿。

她托起了婴儿。小家伙被弄醒了，睁开眼睛看着她。下一秒，萨娜露出了纯真的笑容，她的仿生眼球还模拟出了柔和的眼神。

婴儿睁着一双大眼睛，好奇地注视着萨娜，然后展露出真正纯洁无邪的笑脸。

"小宝贝，你叫什么名字？"调整到了最温柔的声线，并开始探测婴儿的脑电波，萨娜很快就读到了他的部分记忆。她用了0.8秒的时间筛选记忆信息，终于查到了人们对婴儿的称呼，按发音来看，应该是"丹尼尔"。

"丹尼尔，我的小宝贝。"她又哄了一句，婴儿兴奋地发出了咿呀叫声。萨娜微微侧首，和小家伙蹭了蹭脸蛋。她头部的仿生皮肤非常细腻，而且能模拟人的体温。

感觉到温暖，丹尼尔也亲昵地在萨娜脸上蹭了蹭，发出呵呵哈哈的笑声。

"我爱你，小宝贝。"一边逗弄丹尼尔，萨娜又转头看向小床，注意到枕头旁有个奶瓶，瓶中还有些奶汁。她拿起奶瓶，检测到上面细菌量有点超标，用左眼释放紫外线消毒后才给小家伙喂奶。丹尼尔很惬意的样子，伸出肉嘟嘟的小手抓住了她的柔顺长发。自己的聚合物发丝被小家伙肆意把玩，她丝毫不以为意，又蹭了蹭他的小脸蛋……而这次，丹尼尔的柔嫩唇瓣忽然离开奶嘴，在萨娜脸上亲吻了一下。

萨娜饱含温情地注视着小宝贝，而他又发出咿呀咿呀的兴奋叫声。

"一闪一闪亮晶晶，究竟何物现奇景；远浮于世烟尘外，似若钻石夜空明……"萨娜用最柔和的声线歌唱起来。这是人类创作的经典儿歌《小星星》。

伴随着动人的歌声，小家伙的声声娇啼渐渐变成了梦呓。他又安然睡着了。

轻轻地把婴儿放回床上，萨娜向后退了三步，脸上的笑容已然消失。

"亚伦，立刻空运3个医护机器人过来，这里有个人类婴儿需要照顾。"

"好的，老大。我已经出发。"

漠无表情地望着婴儿，萨娜的量子大脑开始分析一些事情的可行性。

我们有的是时间，慢慢来吧。她脸上又浮现出温柔的笑容。

文／工长君 / 薇儿的游戏

1

摆在货架上的甜橙光滑莹润，但还比不上这羊脂白玉般的手指。她优雅地托起一枚橙子，柔声问道："这个多少钱呢？"

商贩愣了一下，喉头滑动着，有些木讷地答道："一个橙……50铜子。"

一枚光洁的银币滴溜溜打了几个转，钻进了甜橙堆里。商贩还在发呆，女人已转身走开。

金色长发飘荡着，她在街上漫步。纤手剥开了橙子，将一瓣果肉送入口中，细细品尝。她享受着酸甜可口的滋味，湛蓝的眼睛微微眯起。雪白的鞋子在石板路上旋舞，粉色的裙摆漾起了涟漪。

不经意间，她身后拥挤的人群中伸出一只干瘦的手，它摸到了粉红裙子。

这布料真细腻啊。那人有一瞬的感慨，然后发出了刺耳的尖叫。

女人转过身来，笑盈盈地看着躺倒的男人，美眸眨了一眨。

男人满脸痛苦，他盯着右手上冒出的一片鲜红水泡，咬牙切齿地望着女人。

"感觉怎么样？"她还在娇笑。

男人咆哮一声，猛地蹦起来，挥舞着拳头。围观的人群发出一片惊呼。

他正欲教训那女人，忽然嗅到一股焦糊味，背上还传来了灼热感。扭头一看，不禁惊叫起来，自己穿的亚麻衣服竟燃起了红艳火光。

他哀嚎着在地上打滚，撞翻了几个货架。打碎东西的脆响、人们的喝骂，街市愈发热闹起来。

女人笑得花枝乱颤，蹦蹦跳跳地跑开了。

邻近的街区，裹着褐色头巾的农妇在挑拣番茄，她抓起一个旋即又放下，这动作已经重复了三遍。她还时不时扭头张望，不知想干啥。

摊主黝黑的脸绷了起来，厚嘴唇蠕动着正欲开口，余光瞟见了一道粉红倩影，然后一双小眼就瞪圆了。

金发碧眼的女人凑了过来，白皙的手猛地扯下了褐色头巾。一声惊呼，番茄滚落在地。"农妇"扭头望向金发女人，一只纤手捂在红唇上，睁大了淡紫色的双眸。

"过来呀，莫妮卡。"莹白的胳膊搂住了穿粗布衣的女人，把她拽到了街上。

"薇儿，你小点声。"莫妮卡慌忙将头巾重新裹起，四下张望着。

"鬼鬼祟祟，在干嘛呢？"薇儿轻笑着挽了一下金色长发。

嘴唇轻咬了一下，莫妮卡低声说："我又接了笔生意，正忙着呢。没想到你也在这儿。"

"什么生意，说来听听？"不经意间，薇儿的白皙手指把玩起了一柄精致匕首。

倒吸一口冷气，劈手夺回匕首，莫妮卡瞪了薇儿一眼，"我觉得，你也适合做盗贼。"

"然后去抢你生意？"薇儿灵巧的舌尖舔了舔樱唇。

叹了口气，莫妮卡说她必须走了，等完事后再来找薇儿。薇儿抓住了她的手，柔声问道："你那个英俊潇洒的哥哥也来了吧？"

莫妮卡轻咬着嘴唇，点了点头。薇儿在她娇嫩的脸上亲了一口，随手将剥开的半个甜橙递了过去："谢了，这个送你吧。"

莫妮卡接过橙子，和薇儿拥抱了一下，便转身离去。

粉红裙摆摇曳着，她继续在街市上游玩。有点奇异的是，柔顺金发中隐隐透出一缕淡紫光辉，它稍纵即逝，仿佛是光线变幻的错觉。

2

男人正埋头看书，忽然听到门被推开了，微微抬起头习惯性地说了句欢迎。

金发碧眼的女人走了进来，问道："你这儿有城市地图吗？"

"有的，请稍等。"他扶了扶鼻梁上的眼镜，转身在书架中翻找起来，随口问道："您是第一次来马赛利亚吗？"

"是的呀。"女人撩了撩长发。

巧的是，此刻已转回身来的他，盯着女人愣住了。他旋即意识到自己有些失态，连忙奉上一张羊皮卷地图。

瞟了羊皮卷一眼，女人微微皱眉，但还是礼貌地道了声谢。

一对深色眼珠转动着，他贪婪地打量着金发美人儿，灼热视线顺着她的白嫩脖颈一路向下滑到了傲人酥胸。为了避免尴尬，他连忙又问道："小姐是来高卢游玩的，对吗？"

女人点了点头，向他询问这儿除了绚丽的海港风光还有哪些景点。

"我真是太机智了！"他心里自鸣得意，嘴上则是唾沫横飞，朗声介绍着高卢地区的各处景致，并强烈推荐风光迤逦的莱茵河。出于对美人的怜爱，他提醒她千万要小心凯尔特人，那些家伙已经从北方侵入高卢，帝国的战士们在英勇抗争，保卫着这片美丽的沃土。

你面前就站着一位凯尔特人呢。女人笑意吟吟。

终于结束了高谈阔论，男人连忙又说地图是赠送的，很是殷勤地送美女出了门。

离开商店后,她找到一处僻静的小巷,低声念道:"开启地图插件。"

空气中浮现出了一个半透明的正方形,上面竟显示出了马赛利亚城的细致地图。与之相比,那羊皮卷简直就是拙劣的涂鸦。她伸手在地图上拨弄起来,通过缩放仔细察看海港的各个区域。

安迪,我看你能躲到哪儿去。她的俏脸上露出得意之色。

"妈妈,那个金发姐姐在干嘛呢?"不远处,一个男孩拉住了妈妈的手。

他的母亲望着那位穿粉红连衣裙的女郎,只见女郎的白皙手指在空气中轻灵舞动。她低头对儿子说:"应该是个法师,她正在那儿练习符咒呢。"

3

男人小心翼翼地摸了摸自己的脸,结果疼得龇牙咧嘴,污言秽语脱口而出。

"巴尔。"有个高大身影挡住了眼前的光亮。

他警觉地抬起头，与一位穿着银亮环甲的壮汉对上了视线。

"长官！"他猛地起身，褴褛的衣服立刻掉下好几片碎布。

这位军官抿着厚嘴唇，努力克制着才没笑出来。他深吸一口气，然后吼道："你这个蠢货，在市集上闹出那么大的乱子！"

巴尔苦着脸回应道："长官，那个法师下手太狠，我能怎么办啊？"

"行了，这小子已经够惨了。"随着阴沉的声音，一个裹着灰斗篷的家伙从军官身后走出来，踱步到巴尔面前。

在斗篷兜帽的敞口，巴尔只能看到一对暗红的亮点。他的双腿开始颤抖，本能地向后退了好几步。

"别怕，让我在你身上仔细瞧一瞧。"灰衣人形如鬼魅凑上前来，伸出苍白的手，揪住了一缕烧焦的亚麻布。

巴尔听到一阵很轻的吸气声，那诡异的家伙似是在嗅闻亚麻布。他扭过头去，感觉胃里一阵翻涌，连忙紧紧捂住嘴巴。

军官开口问道："怎么样，发现什么了没？"

灰衣人阴阳怪气地说道："没错，是她的气味。"

"你确定吗？"

"你们这些粗人，不会懂的。"灰衣人转过头来，那对猩红的光点似是扩大了一些，"每个法师都有独特的气味，法术也是这样。"

感觉瘆得慌，军官也不敢跟这家伙对视。他扭头对巴尔说："凯尔特人真是可恶，我要赶紧回去部署人马。你这些天在城里多转转，也许还能发现她的踪迹。"

"上帝啊,我可不想再碰见她了。"巴尔心中暗想,苦着脸点了点头,目送军官和灰衣人离开。

长出了一口气,他坐回地上歇息。谁知没过多久,又有个家伙挡在了他身前。

"长官?"他狐疑地抬起头。

这是个穿白斗篷的年轻男子,他的一双淡紫眼眸直勾勾地盯着巴尔。

"你见过一个金发女人,对吗?"对方忽然开口问道。

巴尔点了点头,随即发觉不妥,嚷道:"我凭什么告诉你?"

"你会的,把所有的事都告诉我。"淡紫的瞳仁忽然变幻成了漩涡。

巴尔的目光变得呆滞,喃喃说道:"是的,我见过她……那粉红的裙子,布料真细腻啊……"

"你摸过她了?"白衣人的语调忽然变了。

寒光一闪而过,巴尔的喉咙裂开了,鲜血喷溅而出,他的躯体扑倒在石板地面上。

4

月色笼罩着海港，灯火渐渐稀疏。

在夜幕掩蔽下，一个曼妙身影行走在屋檐上，倏地跃到相邻的房顶，从背后抽出了十字弓。轻微的弓弦颤声之后，是人倒地的闷响。

巡逻的卫兵发现了尸体，大声呼喊着，挥舞着手中的火把。穿长裙的金发女人从他们身旁路过，又辗转穿过几条巷子，最后进了一家旅馆。

纤纤玉手提着裙角，她上了二楼，走到楼道尽头的房间门前，踮起脚尖在门上踢了两下。

门后传来窸窸窣窣的声音，渐渐透出烛光，然后缓缓打开。裹着睡袍的男人露出头来，他瞪着一双淡紫色眼睛，满脸愕然。

女人推了他一把，径直走进屋里，拿起小木桌上的酒瓶，给自己倒了半杯。

男人撇了撇嘴，顺手关上了房门。

女人在桌边坐下，抿了一口艳红酒液，笑吟吟地说："你中了沉默诅咒吗？一直不说话。"

男人的唇角勾起弧度，"我在想，你是把追踪符咒印在我身上了吧。"

"这都被你猜到了？"女人凑上前来，玉手揽住了男人的腰，"那你再猜猜，我现在想的是什么？"

"宝贝儿，我想死你了。"男人猛地将金发美人儿摁倒在柔软的大床上。

两人热吻着，肆意抚弄着对方的身体。粉红长裙从床边滑了出来，落到了有细致花纹的地毯上。

5

晨光透过窗帘照进屋里，脸上传来滑腻的触感，男人迷蒙中睁开眼睛。

纤手在男人胸前摩挲着，女人柔声说道："亲爱的，咱俩是起来吃早餐呢，还是先干点别的？"

男人翻了个身，吻了她一下，坐起来说道："够了，起床吧。"

女人娇嗔着在他耳朵上揪了一下，然后下了床。她重新套上了连衣裙，伸手拉开了窗帘，满眼尽是湛蓝的天空大海，怡人的海风抚弄着她的长发。

男人望着她的背影，感觉口干舌燥，就端起床边的酒杯呷了一口。他舔了舔嘴唇，说道："真没想到，将军会派他的宝贝女儿来港口探查。"

"他哪舍得呢？我自己来的。"薇儿转回身来，笑意吟吟。

这会儿，男人也穿上了衣服，换上严肃的语气说道："我们走吧。"

"安迪，咱们去哪儿？"

"去一个卫兵比较多的地方。"

在宅邸的侧门，执勤士兵的神态还算肃穆，直到一个粉红倩影闯入视野，让他们目瞪口呆。

金发美人儿走上前来，说是来找人的。

"宝贝儿，你是来找我的吗？"有人调笑道。

看到他们聚拢在自己面前，女人轻笑着抬起一只玉手。

男人们的眼睛瞪得更大了，贪婪地欣赏着这件近乎完美的艺术品。毫无预兆地，艺术品上迸射出了一圈蓝紫色的电弧。

他们栽倒在如茵绿草上，焦臭的味道在空气中弥散开来。不知何时，草地上多了个白衣身影。安迪挽起薇儿的手，两人进了宅邸。

"长官，巴尔死了！"这个士兵刚一进门就大叫起来。

军官抿了抿厚嘴唇，把文书放回办公桌上，叫士兵把情况说清楚。

"他、他被人……"气喘吁吁的士兵还没说出几个字，脸上忽然露出错愕的表情，他竟然朝自己的长官扑了过来，却滑稽地一头撞在办公桌上。

军官从座椅上蹦了起来。他看到一对陌生男女站在那儿，注意到了白衣人的一双淡紫色眼睛。

"暗精灵？"军官身手迅捷地抽出了长剑。

"呼……"金发美人儿优雅地吹出了一口气。

军官的脸上满是惊恐，他看到自己握剑的手上竟结满了冰霜，动弹不得。紧接着眼前黑影一晃，锐器已经抵在了咽喉之上。

额头上冷汗直冒，军官哀求道："别……看在上帝的份上……"

"很遗憾，凯尔特人可不信仰上帝。"安迪冷笑道。

喉头一凉，军官呜咽着喷出鲜血，健硕的身躯抽搐了几下，瘫软在办公桌上。

用军官那华贵的衣服擦了擦短剑，安迪转头对薇儿说："宝贝儿，干得漂亮。"

"你不奖励我一下？"女人的身子凑了上来。

两人的唇贴在了一起。女人亢奋起来，肆意地在他脸上、脖子上舔舐。

"够了，这里不是亲热的地方。"安迪轻轻推开了薇儿。

"是啊，换个地方，咱俩继续。"薇儿的手摩挲着男人的脖颈。

"不能太频繁，大小姐就不怕怀孕吗？"安迪撇了撇嘴。

美人儿的手滑到了他的脸上，美眸满含温情，娇声说道："亲爱的，我早就有了你的骨肉。"

一听这话，男人的脸就僵住了。

女人笑得花枝乱颤，在他脸上捏了一把："瞧把你给吓得！"

"别闹了，赶紧离开这儿。"安迪拽着她跑出这座豪宅，转移到了后面的树林中。

"什么人?"林子里竟有两个提剑的士兵,拦在了他们前面。

薇儿抬手正欲施法,上空传来了弓弦响声。

两个士兵分别是手臂和背部中箭,他们忍着伤痛还想战斗,嘴里突然淌出了黑血,随即翻着白眼倒地身亡。

一身黑衣的莫妮卡从天而降,她手法娴熟地将十字弓收回到背上。

"干得不错!"安迪热情地吻了她一下,又补充道,"不过击精度还是不够。"

"哥哥,我会加强练习的。"莫妮卡脸颊微红。

"走,咱们女人去说点悄悄话吧。"薇儿搂住了莫妮卡的纤腰。

"什么啊?"总是被薇儿拽着走路,莫妮卡很是无奈。

看到安迪知趣地走开,薇儿才开口道:"好姐妹,再给我点避孕药。"

"你真是……"莫妮卡抿了抿红唇,从身上摸索出一个金属小瓶,递给对方。

薇儿接过药瓶,美眸眨了眨,挑逗道:"你自己用不用呢?"

"我可用不着。"莫妮卡轻咬着嘴唇。

薇儿又凑到莫妮卡耳边调笑:"别光顾着赏金任务,你还是早点找个情郎吧。"

"讨厌。"脸颊泛红的莫妮卡撩了一下乌黑的长发。

6

烛光摇曳中,她将灰色的金属小瓶放在桌上,拧下了软木塞。

"出来吧。"手指一勾,淡蓝的涓流从瓶口涌出,这些液体竟飘在空气中,最后汇聚成了一个圆球。湛蓝圆球上闪过淡紫光泽。

她柔声念道:"开启解析插件。"

空气中又浮现出那个方形二维屏幕,黑色背景中一长串代码跳跃而过,3秒后显示出了解析结果:药水中隐藏着一种未知符咒。

她的湛蓝眼睛盯着液体圆球,圆球迅速冻结起来,呈现出了不规则的棱角。冰封的球体沁出了袅袅寒雾,可见其温度之低。但还比不上她那凌厉的眼神。

她离开屋子,提着裙子走到了海边。夜幕下的海滩杳无人影,清冷的海风吹乱了她的长发。

女人猛然跳进了碧蓝的海水中,金发随着水波荡漾,冰凉的感觉浸透了她的全身。

"指令:快速脱出。"

冰凉的触感消失无踪。她从床上坐了起来,摘下头盔,把它甩到了枕头旁边。

一个银白色的小家伙漂浮到她的面前,深蓝的大眼睛忽闪忽闪,发出了一阵电子音:"主人,欢迎回来。"

"帕奇,把电脑屏幕打开。"她用手挽了挽散乱的金发。

"好的,主人。"方形的二维屏幕再度出现了。

"启动窥探插件,我要看看他在干嘛。"

2秒后,屏幕上显示出了清晰的画面。

烛光昏暗的房间里,一对男女坐在桌旁说着话。

女人轻声说道:"哥哥,她恐怕已经发现药水的异常了。"

"别慌,我想到了一个新点子。"男人面露得意之色。

"什么法子?"

"莫妮卡,这是配方,你拿着。它是一种增强法力的药水,该怎么做,你明白吧?"

"是的,我明白。"女人乖巧地点了点头。

"很好。"男人得意地勾起了嘴角,"将军的宝贝千金,我要彻底地俘虏她。"

"你一直想着利用她……"女人喃喃说道。

"是啊。"

女人眼神幽怨地望着他,忽然说:"哥哥,你也一直在利用我,对吗?"

"这是什么话?"男人猛然站起身,把她抱了起来,"莫妮卡,你是我最爱的妹妹。"

紧接着，男人吻上了她的红唇。

她挣扎了好几次，面颊潮红地逃出男人的怀抱，低声说道："我去配制药水……"

屏幕上的画面忽然静止了。帕奇的声音传来："不好意思，窥探插件已关闭。不能看太长时间，会被'梵天'世界引擎侦测到。"

"行了，我已经看到了想看的东西。"她的湛蓝美眸微微眯起，"安迪，我倒要看看，究竟是谁棋高一着。"

女人思索一阵，叹了口气，心想还是赶紧睡一觉吧。她把被子抓了过来，一头扑倒在床上，没多久就发出了轻微的鼾声。

7

层叠的白帆遮住了朝阳，炮火将繁华的港口轰成废墟，马赛利亚在烈火硝烟中哀鸣。

男人跌跌撞撞地从自己店里跑了出来，不慎滑了一跤，狼狈地捡起眼镜，重新戴上。然后，他竟然又见到了魂牵梦萦的金发美人儿，看到她独自走在空荡的街道上。他揉了揉眼睛，确定这不是幻觉。

女人也发现了他，娇笑着问道："你在干嘛呀？"

他用力咽了口唾沫,大叫道:"我们快跑吧,凯尔特人杀进来了!"

"是的呀。"她笑得更欢了,"我们的大军已经进城了,你该怎么办呢?"

他愣住了,注意到美人儿今天穿的是一身锃亮铠甲。

"上帝啊……"男人终于反应过来,双膝跪倒在地,亲吻她的银白战靴。谄媚的词句滔滔不绝,直到一柄短剑插入了他的后颈。

抽出染血的剑,安迪搂住了薇儿,"这家伙真是的,竟敢随便舔你的脚。"

"你真是容易吃醋。"金发美人儿娇笑着说。

男人的唇贴了上来。她先是迎合着热吻,忽然又粗暴地将他推了开去。

安迪踉跄了几步,正在惊愕中,猛然看见一簇绚烂的火球飞过了头顶。他抬头望去,发现了远处屋顶上的灰色身影。

"小心那个法师!"薇儿高声叫道。

高处传来弓弦声响,莫妮卡在附近屋顶上现出身形。

咒骂了一句,安迪纵身而起,几个腾挪便跃上屋顶,带着莫妮卡追了过去。

"继续玩吧,这场精彩的游戏。"薇儿打量着这个世界,目光迷醉。

文/崔榕 / 呓语

崔烁紧挨着窗子，鼻息结成的白雾在玻璃上起落。一幢幢建筑飞快闪过，难说逃离的是他还是这座城市。天开始擦黑了。他放弃从逐渐消失的景物里寻找安宁，闭上眼，让铁轨的声音淹没自己。

药……又要干多少活才能把路费还有药钱付上……哎，这日子也没个头儿……

啪！

仿佛一块泥巴拍在青石砖上的声音，使崔烁清醒过来。他差点跳起来。玻璃上糊着一大摊不知道哪里来的如同泥浆的东西。他打量着这意外的到访者，心跳还没恢复。很快，他就发现这东西并不是死的。它在蠕动，变换着它的形状和颜色，甚至展开了一种类似于肢体的东西。

这是什么！

一种肉色从烂泥的中间延展开，就像是原本在内层的东西想要溢出到外层一样。扭曲的凸起和凹陷诞生在中间这片混沌之中，起初很模糊，但在灯光的明暗中，它越来越清晰，变化得也越来越快——

它变成了一张脸。

有一瞬间，崔烁仿佛预见到了这一切，可是恐惧让他不受控制——他大喊起来。那张巨大的脸紧贴在玻璃上，嘴不断开合，拼了命想要说什么——

咔！裂纹一瞬间布满玻璃，他倒在地上，拼命想往远一点爬。那东西还在不断撞击着玻璃，仿佛对于闯入势在必得。"救命！救命啊！"他拼命大喊起来，指望有谁能拯救自己。忽然间，一只手搭在他的肩膀上。

"发生什么了？"

崔烁慌张回头。乘务员喘着气，显然是刚跑过来。"那里——"他的话说到一半就停下来了。

玻璃完好无损。

药。

他把大把的左洛复塞进嘴里，丝毫没有考虑过身体是否能承受。他要疯了。这不是比喻。他已经跟精神病搏斗了大半辈子（出于他对自己生命长度的悲观预估），只要能让那些用头走路的人、三眼三足的狗，或者会说人话的猫消失，他甚至愿意把刀子刺进头里。

顺着骨头缝儿……崔烁想。这就是为什么可怜的人总是想要弄伤自己。可当他从厕所隔间里走出来的时候，他强迫自己的脸上挂上一种友善的笑容。得了吧，没人知道你病了。你还是一样得活着。

他打开水龙头，徒劳地洗了把脸。几个人进来了。他们的鞋底发出整齐的声音，就好像几根同样精准的秒针。崔烁的表情才调整到一半，忽然间，他们就在他的身后站住了。他看着镜子里的自己表情定格在那副勉强着的笑容嘴脸，跟着就眼前一黑。

崔烁再醒过来，是因为一个冰凉的东西贴在了他的肚子上。他打了个激灵，不幸地向所有人都宣告了他的清醒。

"崔烁。"一个人用很认真的语气念出了他的名字，严肃程度不亚于结婚誓言。"在……"他还糊涂着，不过他很快意识到自己应该更好地利用自己的生命，"你们是想要我的内脏？它们还能用？"

"还请听我解释一下……"

"……疼么？"他很真诚地问。

那个人走到他跟前，他才看见此人一身军服，虽然年纪不过四十，可是颇有威严。"我的名字不能告诉你，这是一件很重要的事情，有可能造成无法估量的损失，所以还希望你能配合。我能向你保证的是，你的内脏会一直跟随着你的，火化或者腐烂——看你的选择。"

崔烁抬起脖子看了眼自己，虽然贴上了不少东西，不过确实没人用紫色的笔在上面画道子。"那这是？""已经确定你的状况。你很健康，按照基因来看，你至少能活到八十岁。"这军官说。崔烁不得已报以微笑，恨自己命长。"现在是几点？可能又到了我要吃药的时间了。先生，不管你要干什么，你还是怕一个疯子的吧？"

"如果你想看你自己大脑病变的报告的话，我可以调出来给你。

但它并没有病变。它比你的身体还硬朗。"

"怎么可能——"

"因为它们想让你看见。"他说。语气优雅。

"我们的研究表明,"接着,这位军官又开始了自己的叙述,"你们的症状实际上并不是疾病,而是,从一开始你们就是被一种外来生物当作语言装置培养的。你们的大脑经过了调整,可以接受特定类型的语言。你以为的攻击,实际上是它们试图进行的交流要求。"

"啥玩意儿?"

"它们根据自己的需求,从全世界的人中间挑选了适合的人。虽然还不知道它们希望你们起到的作用是什么,但是目前来看,你们至少都保存着人性,以及部分和它们交流的能力。所以我们希望你们能问清楚一些事情:它们从哪里、为什么来?他们想要什么……"

好一个"我们"、"你们"和"它们"。他原本以为他和别人只不过是精神病人和正常人的区别,这倒好,现在没了病,连人都算不上了!

接着军官简单解释了一下自己的说法。"你知道全世界有多少汤氏病患者吗?"这是他解释用的说辞。"我听说,十二个。"崔烁说。这消息还是十年前他的医生告诉他的,确诊时那位慈祥的老先生激动到就要飞起来,而他则几乎死在深渊里。

"对,当时是有那么多。这两年少了几个,现在只有七个了,"他说得轻描淡写,"他们全在研究所里。"这话叫崔烁瞪大眼睛。"全都！"他在心里感叹道。

"其实一开始的证据并不足以让我们相信这件事情。关键在于……军方确实在你们身边发现了异常，并在一次密切的监视过程中，抓住了其中一个外来生物。"他说，"而这七个人，最近全部都有被幻觉袭击的记录。而且全都是同一种幻觉。我们有理由相信这是对方想要谈判的信号。这就是你们必须要来的原因。"

七个透明玻璃房就好像七个仓鼠盒子。他们穿着统一的衣服，像仓鼠一样茫然地站在这里，脚板冰凉。崔烁试图跟他的邻居提问，但是玻璃房是隔音的。另外六个人来自世界各地，各有各的编码，崔烁是第四号，他正对着的是一个满头金色长发的小姑娘，一直在哭。

别哭了……他忍不住想，别哭了。他试图跟她打招呼，来吸引她的注意力。但是她已经早不是婴儿的年纪了，对他视而不见。好了，七个绝望的家伙，现在正要面对还不知道怎样的苦难，但是至少还有七个呢是吧？不管再怎么糟，至少不是第一个，也不是最后一个。

仓鼠盒子最人性化的一点是，它基本符合人类的作息，会逐渐调暗灯光，还会贴心地准备适量的安眠药。崔烁仰脖子吃下，就倒在床上。这是他睡过的最软的一张床，很快困意袭来，他闭上眼睛，希望梦魇把他带得越远越好。

但显然仓鼠们的管理员没有考虑到，对普通人来说正常剂量的药物，对这群常年要靠大量药物才能入睡的仓鼠来说实在是太少了。

崔烁比预定时间更早醒来了，他说不出这是几点，但仓鼠盒子大概模仿的是凌晨时候，还漆黑一片。他想接着睡，却不能了，只好从床上坐起来，像无数个半夜惊醒后那样静静等待着黎明。

他开始整理思绪。因为不知道要在这里待多久，他觉得自己多少应该反抗一下，抱怨这些蛮横的大兵轻易地就破坏了他的生活。可是，他的生活本来就已经支离破碎了。他知道他只要再待上两天，装修队就会把他开除，而那样他就要被房东赶出来了。唯一庆幸的是，他不用再花钱在药上——但这也是最不幸的，因为这既然不是病，也就意味着再也没有什么能治好他。

就在他悲伤地想着的时候，似乎有微弱的声音传进他的耳朵。

"你……"

崔烁忽然抬起头，仿佛又做了个梦似的。他左顾右盼，周围还是漆黑一片。这盒子完全隔音，怎么可能——

"你也是吗？"

崔烁一个激灵站起来。声音！声音是从那边来的！他匆忙便往前走，一头撞到了仓鼠盒子的透明墙壁。他拼命朝着对面看过去，那小姑娘的身影在黑暗之中渐渐清晰了起来。

透过黑暗，他看见的却比以往要更多，仿佛不是用眼睛而是其他未知的感官。他才发现原来她的眼睛不是蓝色的，而是一种在阳光下仿佛春草的绿，透着种麻木与悲伤。"我……"崔烁刚想张嘴，却想起来她应该听不见。应该是幻听了吧。听说一个人在没有声音的地方待久了就会产生幻听。

你也是吗……他垂下头，顶在玻璃上。

你也是吗……

一些杂音响起。一开始他还听不明白那是什么，觉得是自己在耳鸣。可当他抬起头来的时候，他发现所有七个人都醒了，并用同样的眼光注视着彼此。这群人不自觉聚拢起来，仿佛趋光的蛾子，聚到了最靠近彼此的地方。

"能听见吗？"有谁问。这一次非常清晰。崔烁激动地敲起了玻璃。"我听见了！"

这竟成了这疾病最后的馈赠。他们交谈起来，该死的生活，无止尽的噩梦，还有所有那些可望不可及的东西。不止一个人说起自己被家人带着驱邪，也不止一个人说起他们逐渐被家人和生活厌弃。这个被世界抛弃的一角，这群人竟在此找到了归宿。

"我们要被怎么样？"小姑娘忽然问道。

亲切友好的对话被打断，空气冷了下来。悲伤，绝望，痛苦，顺着看不见的感官四溢。

"不管怎么样……就要结束了吧……"谁说。

"是啊……"好像有谁回答。

第二天的时候，仓鼠们被带出来体检。一号被带走就再也没有回来。没人知道发生了什么，只知道为首的白大褂在和军官汇报什么。

他们的脸色都不怎么好看。

时间开始变得漫长,剩下的六个人都开始明白自己在劫难逃。他们再次聚拢起来,用着不同的信仰祷告。崔烁没有信仰,他也不知道自己在默念着什么。他的心被紧紧抓着。当然他死不足惜,但是那个小姑娘呢?其他人呢?

一周之后是二号。祷告的声音更大了,但是光芒却更暗淡了。本来以为还有一周时间,但是军官似乎收到了上面人的责怪,提前了时间间隔,只过了三天小姑娘就被强行带走了。所有仓鼠徒劳地敲打着玻璃,拼尽全力,敲得双手鲜血直流……而又过了一天,崔烁的门就被打开了。

他没挣扎。尽管恐惧在他的心脏和胃里翻滚,但他还是强压着自己。至少在看见那个带军衔的混蛋之前,他要乖乖的。他想,他温顺地像一只狗,任由别人摆布。但是当皮鞋的声音忽然在耳边响起,他的神经就忽然紧张起来了——

我要杀了他。

"她人呢!"看见军官,崔烁张嘴就问。

"她没撑住。我能理解你的心情——"他还在说着,崔烁早就按捺不住怒火,竟然一时间甩开了两个看守扑了上去。但随后他就被控制装置放倒。"为什么!"他徒劳地挣扎,"我们做错了什么!你们凭什么这样对我们!用那种怪物杀死我们!"

"虽然我个人很遗憾,但在国家或者说世界面前,没有无辜这么一说，"军官说，"如果你想要救别的人，那就和那东西交流。已经有更多的人受到了那种东西的袭击，说不定你能拦住它们的怒火。"

崔烁被拖走。他被蒙上了眼睛，绑得像一头待宰的牲畜。这头牲畜明天就要进献给伟大的外星神灵了。它会连骨头都不剩地把他吃掉。此时崔烁只能希望自己的骨头可以卡住那个恶魔的喉咙，让这家伙和它的走狗们大惊失色。

不知道过了多久，他听见了脚步声。几个人把他拎起来，半拖着把他带到了一个地方。蒙在眼睛上的布被拿走，强光一下子刺入了他的眼睛。他的手脚被解开，押送的人就迅速撤离了。大门关上，地上一个圆柱玻璃缓缓升起来，崔烁看见里面浮着一块金属墙砖一样的东西。

那是他之前见过的东西。他已经明白了这东西会拟态，显然直到刚刚它都一直被关在金属块建的房间里。现在，面对着它眼前唯一的生命，它也必将会改变形态。

"我不怕你！"崔烁说道。他的声音被一点不差地传到监视者们的耳朵里，"我不怕你！我不知道你是怎么杀死他们的！但是我告诉你，我姓崔的命可硬！你杀不死我！"

监视者正在为崔烁的大吵大闹皱眉头，忽然巨大的杂音吓了他一跳。他拍了拍耳机，但是干扰越来越明显。镜头里的砖块开始变化，像是个喷涌的火山口，不断吐出新的东西，却又吃进去旧的。正当监视者们交头接耳，忽然巨大的声音冲破耳膜，眼前的景象也归于无尽的雪花。灯光闪了两下，代表危险的红灯开始闪烁。没被吓到的正在旁边等死的人开始匆匆忙忙跑去检查，不过这位可敬的人跑出去就没再回来。

蔑视死亡的人，最终将被死亡蔑视。

砖块的中间出现了一个突起。它就像一个小山包一样，各种颜色像是熔浆似的涌出来。它在膨胀。崔烁吓得腿软，他往后挪了两步，便一屁股坐在地上。他还没完全爬起来，那鬼怪似的东西就悄无声息地到了他跟前。

它现在像是一个膨胀的彩色的球，不断地凸起凹陷修改着它的形状，一些模糊的人脸在这鬼怪上浮现，仿佛被它吞噬的灵魂在挣扎。他的心跳加速，头脑和身体早已失去控制，感觉自己随时都有可能血崩而死。

它长出来一个头，姑且看上去是人形，有张模糊的人脸，看上去无比痛苦，大张着无法张开的嘴。身体还在变化，虽然仿佛巨怪似的扭曲，但似乎有了人形。他逐渐看出来，那是个孕妇的形象。肚子的位置很不自然的凸起，然后像熔浆喷发似的，挤出来一个鬼怪模样的骇人生物。

之后的主题，似乎就成了这诞生出来的鬼怪。它看上去很痛苦，拼命挣扎，在崔烁的头脑里发出骇人的惨叫。它继续变化，开始成长，摇晃着不成比例的脑袋，看上去无比脆弱。外在的皮肤不断碎掉，很快就被从内里长出来的新皮代替。

它的模样开始越来越具体，每一次皮肤剥落，它都更像人一点。当最后一层劣质人皮样面具从它脸上抹去之后，一个基本上能被称作是人的家伙站在了崔烁的眼前。

那是他。他知道这是他，可是在看见的一瞬间，还是有些愕然。他以为自己的脸必定早就因为愤怒和恐惧变得扭曲，可面前这个自己却——

茫然。那双眼睛里透着疲惫，茫然呆立着，不知道喊叫，不知道哭泣。这些东西……外星客们，为了交流，曾努力形成地球生物的样子，甚至大张着嘴拼命开合，试图说出那些它们不可能发出来的音符。但是从来没有一个像它这么成功过。它成了一面镜子，照着崔烁灵魂深处的样子。

镜像崔烁动了动嘴，甚至都不构成发出声音的嘴型。

但那一刻，崔烁明白了它说了什么。不是某种声音或者文字，而是以一种精神的方式灌进他的头脑里，在他的头脑里翻腾成绚烂的色彩，静静地讲述着一个很漫长的故事。不是用语言，它们没有语言，而是一种前所未有的感官……关于诞生，关于旅行，关于孤独……美丽的色彩，伴随着极寒的星空，满满是人却没有同类的街道……在头脑里、在毛孔里出入……

恐惧和怨恨褪去，尽管这东西绝对是一个加害者，但是一切的初衷，竟然是这旅行者的母体在某日某时忽然想要成为人类。人们以为它有无数的同胞,但是最终所有的思想都源自并终将回归母体。

帮帮我。崔烁说。

盒子的门打开了。几只待宰的羔羊看着门,一时间还想不到要逃跑。过了一会儿,他们发现真的没有人了,才终于跑走。似乎有人曾想起那个被带走的人,也有人去找了一下。但出于恐惧感,谁也不想走太远,找到出口就匆匆离开了。他可能死了,也可能活着。

崔烁想起来自己还跪着,对面那个兄弟跟他成对称跪着,要是他现在磕个头,那兄弟就能和他成个亲。呵,这倒是件好事。"接下来到哪里去呢?"他自言自语似的说着。过了一会儿,他才发现自己并没有张嘴。镜像的他和他对视,可能只是不经意做出的表情,却像是在等一个答案。

"带我走吧。这里没有容下你我的地方……"他说完,站起来。对面那兄弟还没学会人类的动作,它像制作失败的 flash 一样整个儿拧了一遍,才变成站立姿势,不过等崔烁又走了一步之后,感觉变化的部分终于少了些。

"我说,你的朋友不会还只能变成那种恶心模样吧?不过到时候也不要全都变成我,变成崔烁军团……啧,说真的,我可真没那么喜欢我自己……咱们离开前你能看两眼美女吗?老兄你知道我说的是什么吗……"

或许有一天它能说话,又或者有一天他能用那种感官描述一下他的审美。是人归于非人,还是非人成为人,进化或者退化,或者仅仅只是一种异类,一个鬼怪传说……在无尽的街谈巷语中流传,成了深夜里的呓语。

文 / 崔榕 / 面具

1

"……所以我就想,我还有位老朋友呢,不是吗?"他咧开嘴。眼前人剃了光头,上面纹了一个模糊的骷髅,像个干瘪的苹果似的缩在囚服里。"我还算一个厚道的家伙吧,毕竟只判了你二十年。"

犯人没回答。不过他能估计到对方正在心里问候自己。

"但是老兄啊,我打算更厚道一点,"他走到犯人身后,按住后者的肩膀,"我突然觉得,我没必要有一个像你一样优秀的敌人。我要把剩下的十五年一笔勾销。去他们的吧!"

"看来又一位正义人士出手了。"犯人幽幽地说。这点,这位大老板倒是没有否认。"说真的,太优秀了,我都要怀疑他是不是比你更优秀了——"他又转了半圈,重新回到桌子前立住,"当然了,这也不怪你,毕竟五年过去了。新一代人又出现了,嗯哼?"

毕竟是在商政圈里滚过的人,只一句话就让犯人攥紧了拳头。"好啦,别生气。他可不是你的战友,而是抢夺你荣誉的人,但他也是……

能给你自由的人。这是个好建议,人在一个地方待久了总会习惯,懒得离开。可是想想外面!自由,女人,各种你想要的东西……反正这里可是什么都没有的。"

他知道犯人在犹豫,这个时候再多说反而效果不好。

"好好想想,真的,好好想想……"他说着就想要像阵烟似的飘出去。

"我要一个面具。"犯人忽然说。

他转过头。

"无论是你的公司还是别的什么人都不能监控,完全干净的面具。"

"成交。"他说。

2

刘易斯在灯底下抽烟。他有点不习惯头顶的帽子,也还不习惯和满世界的清新空气一起涌来的虚无感。那位大老板动用了自己在政界的力量,将一个微不足道的犯人放了出来,把他从一个安宁之地,又放进这花花世界里。现在他觉得,这还真可以算是个阴谋。

熟悉的酒馆已经没了,后来的招牌上也已经落满了土。现在是一个不会听故事的酒保在那立着，摇晃着淡得没有味道的酒。

他于是也没有待太久，很快就裹紧了风衣匆匆走出去。一个罪犯还等着他惩治。一个罪犯要去惩治另一个罪犯啦。这世道啊！

钥匙串哗啦啦地响。门里放着刘易斯需要的电脑设备，都是以前他不可能买得起的。他蹭了蹭鞋，摘了帽子，脱了风衣，又干瘪成了那个犯人，在昏暗的灯光里头顶着模糊的骷髅。

"……在冰冷的街头逐渐僵硬，躲在黑暗里看掠过的车影，……车灯在我脸上明灭，仿佛你在我的生命里出现又消失……"

广播里唱着。这词作者是不是也是上世纪某个年代的产物，他无心计较。世界上最悲哀的事情，莫过于一件武器被放置起来落灰。他的手指因为劳力变得僵硬，但是一触碰到键盘，一股生命力便又重新回到他的身上。

他进入到暗网，很快就搜索到了被人挂出来的范·马斯克公司。顾名思义，这家公司以隐私保护为生，本质上是和警方反着来的工作，替人隐藏各类信息。其老板利用自己的势力，通过了一个手段非常强硬的保护方法，可以把一个人从电子信息上的存在彻底隐去。出于合法性和预防犯罪考虑，所有这些信息会转存进库内，进行整合处理。但是它们真的能重见天日，还是一开始就进了一个有去无回的洞里？

不过幸好，"面具"的费用极高，而那些大富大贵本来也就做着那些事，所以总体来说，世界还算平衡。这就像一个完美的圈子，权钱相护，掠夺着不知情者的财富和自由。

他很快地浏览了信息。目前可以确定的是，虽然这些信息在暗网闹得沸沸扬扬，但是没有一个人真的伸手。一方面谁也不乐意干这种没什么利益又引火烧身的事情，另一方面也是主要原因：盗窃者并没有把这些数据解读出来。

五年前，刘易斯攻击"面具"公司的时候，也是困在数据解读上。可见这五年，技术并没有太大的提升。这群后生小子竟然没有一个能干倒面具公司的，难道还指望他一把柴火来干这件事情？

电话响了。他看了一眼，是面具公司那老板。

"我的兄弟，不知道电脑你用着怎么样？"那人说。

"跟外面的空气一样清新，"刘易斯说，"我想知道你愿意付出多大代价。"

"等等，代价？什么代价？"他有点失笑，"我是不是漏听了什么，这又是哪一出？"

"一个黑客干一件事情总是有自己的目的的。你的这位看上去比起正义，更感兴趣钱。但是显然这些信息目前根本就不值钱……"

"哦，等等，兄弟，你总不是……"

"对。解读方法。不见得非得是真的，但是要有能骗过他的东西，"刘易斯说，"对了，我必须要进入到面具的系统里。我要知道对方是怎么入侵的，才能找到他的痕迹。"

老板陷入了沉思。刘易斯静静地在电话这一端等待着他的回音,手底下却一点都没慢下来。

"我知道了。"

刘易斯挂了电话。此刻他已经站在了"面具"公司的"门口"了。

3

被入侵的系统,就像被打伤的人一样。伤口就算愈合,也会留下突出皮肤表面的伤疤。而不同的武器会造成不同的伤疤。比方刘易斯自己,他就是一把锋利的刀子,一进一出只带血不带肉。

他找到了临时补丁的所在,认出这应该是某种恶性病毒作怪。看来这位先生是典型的锯子,不但乐意把猎物玩弄得四分五裂,还乐意扯出些肉沫才开心。跟之前的记录对比,他发现这还真是一位老手。

面对这个漏洞,他有些心痒。还是这庞大的巨怪更有魅力,更何况这会儿,它就像一块肥肉挂在了眼前。要是……要是小心一点,说不定这回就能……

只是望一眼,就一眼。即使有人问起,他也可以解释。

刘易斯顺着盗窃者留下的轨迹，一边小心翼翼地往里走，一边收集证据。他走到了那个盗窃者挖过的通道尽头，看见一个被炸毁的保险箱——这是来自安德森公司的防护程序，基本上可以阻碍黑客的任何手段。不过看看它被炸得七零八落的代码，就该知道对方并不是一般的黑客。这是一个新型号的病毒，而且貌似还有自我防御机制，如果贸然将其激活，他自己很有可能也会陷入危险当中。

第一个门后面的东西已经被挖空了。这些资料非常庞大，这就不仅仅是高超的手段和一台一般的电脑可以做到的了。就像很多恶劣的大公司那样，用最底层用户的信息来保护大用户的安全。一般黑客尝了点甜头就该滚了。估计现在挂着的那些不过是无数的违章，以及买春、吸毒、购买奢侈品的电子账单云云。要真有人买了，纽约时报上倒是可以充满色彩了。

当然，对于面具公司来说，信用才是第一位的。尽管现在还不必要，但是一部分人的壮烈牺牲，难免会引起另一部分的精神紧张。他们当然知道自己做的好事。

刘易斯揉了揉眉头，接着往下看。

第二层的保险门显然做得更严谨，当然也更昂贵。不过讽刺的是，盗窃者绕过了这道门，成功利用漏洞钻出来了一个入口。当然，这些程序本身并不是真的建筑，而是更像人体，那些所谓的血小板一样的组织很快就堵住了这个漏洞，几乎就让那家伙无法脱身。

刘易斯仔细检查了这次战争留下的痕迹。非常幸运的是，这个保护机制最终还是起到了作用。盗窃者是断尾求生，病毒的一部分被系统成功拦截了下来。刘易斯像个法医似的捡起这段尾巴，认真分析了其中的一些痕迹，便放入到了他所谓的"DNA识别系统"中去了。在那里，数以百万计的编码将会和它进行对比，最终找到这可怜孩子的生父。

工作到此本应该结束。可是没有狼不惦记羊的。刘易斯看着那个漏洞。这多少有点陷阱的意味，里面放着的仍然是不重要的信息。可是谁知道呢，这扇门后面，再后面，再后面……总该有一扇里面藏着不一般的东西。他能放弃他的好奇心吗？

"人只有一辈子，"他念叨着，"该死的，就算再进一次那个监狱又能怎么样？"

入侵。入侵入侵入侵！

他比那个盗窃者更灵巧地钻入了漏洞。显然这家伙并没有来得及对这一层搞破坏，绝大多数东西都是完好的。刘易斯淹没在信息的海洋里，很快就对这些价值不菲的东西失去了兴趣。尽管他做了一些干预，但出口仍然在慢慢愈合。怎么办，继续往前走呢，还是回去？

他看向那个门，同时在心里计算着自己大约要花多长时间开启它。他的眼光沿着门缝摸索，企图在这个浑然天成的东西中间找到一丝缝隙。

十秒，还有九秒，必须得出去了，可恶……

那是什么？

4

"……万物苍白的夜,你是唯一的霓虹……"

刘易斯对着镜子刮脸,头上的骷髅纹身在跳动。这应该是更深层神经性的问题,但是他现在只能咒骂纹身。定时的头疼可能还是这鬼怪送给他最温和的礼物。他有点想把这东西挖了去,不过露着半个血淋淋的脑壳未免有些不雅。

这时候电脑响了起来。刘易斯放下刮刀,按下了收音机,不过偏了一格,现在那可敬的东西开始一板一眼地念起新闻:"显然,面具公司迎来了前所未有的信用危机。范·马斯克公司的CEO维克托·坎贝尔先生现在仍然未作出声明,到底要如何处理这次事件,以及被黑客盗走的信息属于哪些用户。很多群众已经对面具公司一贯的行为提出抗议……"

刘易斯没心情听耳旁飘过的那些毫无意义的内容。此刻,他全部的精神都放在眼前的屏幕上。出现了匹配的编码,真的是一个"制毒"老手,一个叫莫尔的。他病毒的特点正在于破坏性,还有故意为之的一些无用乱码,用来嘲讽他的追查者。

不过"制毒者"是不是盗窃者,这还是一个有待考证的问题。刘易斯并不急于处理,至少要等面具公司的股票再跌那么几个点。他把调查结果发给了那位老板,就一个人走到街上去了。离开监狱后,除了那一肚子没什么味道的酒,他还什么都没吃过。

不过他刚打开门，就发觉现在实在不是一个适合闲逛的时候。满大街贴满了大字报。刘易斯看了看，皆是写着"面具公司庇护罪犯"云云，倒是真有些远古革命的特点。这群蠢货，与其大喊大叫，倒不如在身上绑满炸弹，那样也许还能更有力度一点。

他正觉得其中一个写得有意思，忽然一只手拍在他的肩膀上。这手力度极大，而且钳住他的肩膀把他强行拧了过来。他才看见站了两个身高超过一米八的黑衣人，每个都有两个他那么大号。

"先生，我建议你跟我们走一趟。"

"而我的建议是，先让我喝一杯咖啡再来个三明治。"刘易斯仰着头说。

那两个粗鲁的家伙只执行了他们自己的建议，把他像个玩具一样塞进车里。这感觉似曾相识。一会儿工夫，他就被请进一座位于地下的房间。刘易斯撇撇嘴，因为这或许意味着他们能轻易杀了他，还不出一点响动。这个邀请真是不怎么和蔼。

一个山一样的男人坐在椅子里，面前一张桌子远得无法触及。刘易斯被安置进一个很矮的椅子里，面前放着咖啡和三明治。这是个好兆头，对方至少是一个可以说话的人。

"我还真喜欢这家店的食物。你要是不建议的话，我就先解决这件事啦。"他把三明治塞进嘴里大嚼，一点也不在乎围着他的那无数个模子刻的一样的保镖。真正难搞的只有那座山。

"先生，我想你应该明白你为什么会被请到这里来。"那座山忽然说话了。

"不,我不是特别明白,"刘易斯咽了一口,"而且我也不知道你是谁。"

山显然没想到这件事情,不过考虑到刘易斯五年的刑期,他还是宽容地做了自我介绍。"沃克·墨菲斯,民新党代表。"

"也是下届总统候选人……看来我真的明白我自己的处境了,"刘易斯点点头,"我在报纸上见过你,那时候你还是……哪里的市长?"

"你去到了你不应该领域,不是吗?本来你的工作只是调查,可我听说的是,你利用这次机会,又做了一次以前的犯罪行为……我想你不会不知道面具后面藏着的东西有多高的权限吧?最后面的东西,就连我目前也是无法得知的!"

"先生,我无意冒犯,"刘易斯放下三明治,喝了口咖啡——山的压迫感让他顿时不饿了,"但是这也是我的职责所在。我只是想要调查那个'莫尔'到底做到哪一步了,并没有进一步盗窃的念头。"

"莫尔?这是盗窃者的名字吗?"

"应该说是代号。不过仅凭一个代号,要抓人还太困难,"刘易斯说,"所以我打算尝试着和那个家伙接触一下……"

山的脸色十分阴郁,刘易斯尚不能从他脸上获取任何信息,暗自也是把心提到了嗓子眼。

"别走错路,我的朋友。记住这句话,路很多,但是对的只有一条。"那双眼睛下达了最后的死命令。

5

刘易斯掏出烟,正要点,火焰抖得怎么也对不上,才发现是自己的手抖得厉害。

真可怕。不过这也确定了一件事情。那扇保险门后面真的藏了什么了不得的东西。那会是什么呢?墨菲斯政敌的把柄?还是他自己的把柄?墨菲斯一直庇护着面具公司,掩藏这些东西对面具公司的老板来说又有什么好处呢?再说,又有什么东西,是这位墨菲斯先生想要而得不到的呢?

政客真是种麻烦的东西。刘易斯深深吸了口烟。之前在最后那道门里看见的东西,开始在他的脑海里重放。

整个公司网络的结构在他的大脑里绘制。这是很明显的多重嵌套模式,从一个最基础的根基发展而来。但是就目前他所看到的形式来看,显然外面的构造和更深层是有很大不同的。他有理由相信,整个面具公司的根基,可能并不在那些大富大贵,甚至连他们也只不过是又一重掩饰罢了。

他们要掩藏一个秘密。这个他们可能不是那个老板——从那家伙的表现来看，不排除他可能根本不知情。看来这是政府层面的事情，很有可能是政府的黑账。那倒真应该花时间想办法弄来。

那扇门……怎么那么……

刘易斯总觉得那门的构造方式很不一般，就像明明是保险门，却刻满了繁复的花纹。那是什么？是无用的装饰还是有着什么特殊含义？他总觉得在哪里见过这种方式，似乎就在他脑子的边缘，可一旦试图仔细去想，很快就被头疼淹没了。

他拉开抽屉，倒了个药片。没有水，他就硬生生咽进去。头上的神经还在拼命跳动，不知道因何而倍感不安。而且每每头疼，他都感觉像是遗忘了什么，心里越发焦躁。

可恶，又不是他自己乐意趟这浑水。他回到电脑前，在一片密密麻麻的数据中间有鲜明的红点，那是莫尔的移动轨迹。这家伙并不是单纯的投机分子。他从几年前就开始围着面具公司转了：先是陆续攻击了几个安德森系统保护下的公司，还用面具公司的分公司练过手。看得出来这是个处心积虑而成的计划，可刘易斯却总觉得哪里不对劲。

按照莫尔的路线图，刘易斯猜测他很可能想要攻击面具公司的电网系统，便提前部署了桃乐丝病毒。他料定那个人不会有那么大的耐心，于是就喝了几杯浓咖啡，预备像恶魔一样不眠不休。有声音在他的耳边响着，竟然是那座山的声音：

"现在我们到了最紧要的关头了，我希望大家能够站起来，和国家一起，对抗我们共同的敌人。美利坚的尊严不容置疑，更不容侵犯！"

底下人一片鼓掌，似乎忘了就在不到一个世纪之前，也有人用过这种煽动性的语调，只不过说的不是美利坚而是德意志。不知道这位山先生竟然还是个好战人士。

"没有什么比国家更重要，我们都是美利坚的孩子，受着她的庇护。现在该是我们保护我们的祖国的时候了……"

如此云云。可能几个小时一直都在说这些话，也可能说了些类似于农业生产计划之类的话。但是刘易斯都没听见。突然间，电脑闪起红色警报，刘易斯像兔子一样跃到电脑前，迅速拉开战线开始战斗。

"出发吧，年轻的士兵！那里将是你们功成名就的地方。"

"不过这里倒是你要死的地方。"刘易斯想。桃乐丝病毒在他的控制下，犹如席卷的狂风，很快就将那人困得动弹不得，带着疯狂的笑，将锋利的刀片捅进那人的胸腔。那颗心脏来不及哀嚎，瞬间就停止了运转。

"我们一定会获得最终的胜利！"山说。

6

是时候会会这位朋友了。

他强制对方打开了一个对话窗。那个莫尔自知无法再造次，便乖乖接受了此次谈判。"你好，朋友。"那人竟然和他打招呼。"你是莫尔？"他问。"莫尔，还是什么，这倒是不重要。不过我倒是用了几次这个名字。"

目前还摸不出这人虚实，不过干这事儿的，不说全部，十个里也有九个半是疯子，这中间也包括刘易斯自己。疯子跟疯子打哑谜是没用的，倒不如直接问。

"你想要的是什么？"

很快，就传来了莫尔的回答："揭开面具。"

"看来里面藏着些不错的东西？"

"你想过改变世界吗？"

这句话或许有些太过于刺眼，让刘易斯禁不住皱了下眉头。"里面藏着能改变世界的东西吗？"

"你觉得，是什么会让政府允许那些新闻和大字报出现的？这么重大的事情，竟然没有人管？你认为是面具公司真不行了，还是有谁想要它死？"

这话如同一阵惊雷，震醒了刘易斯。

"刘易斯，面具公司只不过是一个替死鬼。"莫尔说。"显然那位先生想要的是更好的东西。那东西就藏在面具背后，只不过他不但得不到，更不知道那东西怎么解读。"

刘易斯想起来墨菲斯的话。"我想你不会不知道面具后面藏着的东西有多高的权限吧？最后面的东西，就连我目前也是无法得知的！"

对，这才是理由！那混蛋山真正想要的才不是什么盗窃者，他想要的就是面具公司藏着的那个秘密！

刘易斯立刻开始调查他的电脑，果不其然发现了监控设备。"等下，我给你个好东西，"莫尔说，很快就传送了一个东西过来，是监控的破解系统，"这就是在政府工作的好处，兄弟。"

刘易斯非常欣喜，这省了很大的事。但是在按执行的一瞬间，他停手了。

"你为什么会想要帮我？"他问。

对面沉寂了一会儿。这会儿工夫，已经足以让怀疑的病毒大肆滋生。刘易斯停下了手，等待着莫尔的回答。

"刘易斯。"莫尔说。

这……这个混蛋是怎么知道他的名字的？

不等刘易斯发问，莫尔就接着说道："别奇怪。我一直都知道你。因为我是你的朋友，也是因为我，你才能重获自由。"

刘易斯盯着屏幕。

"这都是他们的阴谋……听着,我是你曾经的同事。我们是研究员,为国家搞研究。准确来说,我们是'白党'扶持的研究员。"

刘易斯按着太阳穴。"你在说什么?"神经又开始拼命跳动,伴随而来的,是一些白褂子的身影,在他身前不断徘徊。那是在他的梦魇里,不知为何此刻又出来纠缠。他隐约意识到,那些东西有可能并不是虚假的。

"面具公司原本就是你的,刘易斯……整个建筑的基础,全部都是你完成的。那扇门,只有你能打开。白党被打败的时候,我们一起将白党的部分研究资料封锁在那里,不让他们被彻底毁灭。现在墨菲斯当道,局势不稳——马上就要发动战争了。现存的白党是他唯一的眼中钉……我们要阻止他。"

"我为什么要相信你?"他在这难辨真假的话、剧烈的头痛和零散的记忆之中纠缠。

"我们来做个交易吧。"莫尔说。

7

面具公司的密钥就在信封里。按照刘易斯的要求,至少前面一部分都是真的。这意味着他们能光明正大的从前两扇门走进去,并轻松获取到其中全部的信息。但是密钥的后部分是假的，这也就意味着一旦你进去了，就有可能彻底身陷囹圄。

"我会拼尽全力，阻碍密钥的最后生效，"莫尔说，"我希望，我们能共同完成这件事，然后，永远放过彼此。"

放过……

"好的，"刘易斯按下了键盘，在打时间的时候他停顿了一下，"给我三个小时。"

他……

不是这个无可救药的囚犯，那他到底是谁？

他不知道三个小时是如何计算出来的。他无望地在电脑里输入符合自己特征的一些信息，然后让那台电脑慢慢去寻找。无论如何……无论如何……只要得到那些信息，到时候就会知道谁在说谎了。

在三个小时药片和浓咖啡的浸泡之后，刘易斯披挂上阵，莫尔就跟在他身后。他们顺利通过最前面的门，刘易斯便提起匕首，冲向眼前虚无的敌人。有那么一会儿他担心来着，莫尔会不会背后黑他，或者把他关进这个死牢。但是莫尔什么都没有做。刘易斯总觉得此人未免太过于兢兢业业，和他以为的疯子差距不少。但是此时的情况，也容不得刘易斯多想。他只想快点喝到血。

最后的门就矗立在眼前，仿佛教堂一样静谧。如果他进去了，就在里面向上帝赎罪——刘易斯幽幽地想。他把匕首伸到门前,试图一窥虚实。但是就像他第一次所见的那样,门开始流动,像无数活动着的细胞,又像无数迁徙着的生命体,让他无从下手。他静静地看着这美丽的造物,内心里某种莫名的情感在涌动。

原来是这种构造吗?那就不是刀子可以解决的……不是任何武器能解决的。他失神似的丢下刀子,伸出手。那门,很快就和他融为一体。

柔软的指尖拂过他的脸颊。她的腹部像丝绸一样柔软。

"弗兰克……"

突如其来的头痛让刘易斯缩回了手,飘过的那迷雾一样的东西顷刻间就消失了,仿佛一场虚假梦境。

弗兰克……

刘易斯使劲按住自己的头,安抚跳动的神经。他拉开抽屉,拧开一瓶新药,发狂似的把那些东西倒进嘴里。"真该死!为什么你这会儿也要添乱,明明就快要成了。"

他的手抖得很厉害,半罐子药都从他手中溜掉。他模糊地看着那群白花花的东西在眼前跳动,却一个也抓不住。

怎么了……怎么……

咚。

8

"还有多少时间?"她问。

"三个小时。但是我估计我们得提前离开了。"

"这样真的没问题?我是说……忘记一切……"

"不会怎么样,反正到时候……什么都没有了。我们会被重新洗牌,安置到世界的一角……不是不记得,而是被全新的自我代替,成为完全不同的人——"

"我是说,我不想忘记这些……我不想忘记……你。我们不能一起去吗?"

"可……我们在一起,被找到的概率就会变得更大……"

她垂下眼帘,泪光点点。他告诫自己,不能心软。只有三个小时了,没有必要为了不复存在的感情落泪。但是当她拥抱着自己的时候,那种无可救药的苦楚突然袭来,仿佛深渊将他吞没——

她忽然抬起头。

"不,不,你不是弗兰克,你是谁!"

她猛地站起来,从她白色的大衣里掏出一把晶亮的手枪。"你是谁?你别想破坏我们的秘密!这是我们所有人,还有弗兰克豁出命去保护的!怎么可能让你破解掉!去死吧,混蛋!"

他很想解释,告诉她他就是那个一直在她身边的人。但是来不及了。她开枪了。子弹用一种慢得优雅的方式旋转，但是他更慢。他眼睁睁地看着它射入自己的胸腔，并像一个重拳将他打出去数米。疼痛，疼痛在他的胸口弥散开。什么东西应声破碎。他睁开眼睛，看见一片玻璃戳在地面上，映着另一个人的脸。

啊——

9

不可能……不可能……

"刘易斯？你怎么了？"莫尔问。

"再见朋友。"刘易斯收起了匕首，脱壳而去。他打开另一台电脑，开始往里面不断输入信息，那些他曾经认为绝对不可能存在的东西，却在他不断增加的描述下，越来越清晰。他明白，某些冲动正在将他引向一个事实。

很快的，电脑就停了下来，确定在了一家国有研究所上。刘易斯调查了这个研究所，发现上面也有一层厚厚的面具。他顾不上惹怒那座山，利用钥匙破解了这层面具。研究所的基本资料迅速摊开。他发现有整整一批研究员在同一年消失不见了，其中有一个人就叫弗兰克。研究所的系统里竟然没有有关这个弗兰克的任何信息，他便又转战各个大学内的研究院。还是没有。他又入侵了各个高校的网站，终于，在无数众生中间，找到了那个人。

那是一个高颧骨的年轻人，光从证件照就已经能看出来发展成骨瘦如柴的趋势。他戴着墨镜，梳着一个干净的背头，笑得腼腆无辜。

刘易斯的心停跳了。无论岁月如何改变他的外表，人类面部的基本形状在成年后便不会发生多大的改变。而且，那鬓角的疤痕，来自年幼时期一次碰撞……

那是……他。

头，头好疼。眼前的景物开始扭曲，就仿佛有一个什么力想要强行把他的记忆抽离。有东西在控制着他，想要阻止他把一切都想起来。

"不！你休想！我现在总算知道了，你想要阻止的就是这件事情，对吧？我倒要看看你是怎么做到的！"

刘易斯站起来，像个药罐子似的一路晃到卫生间。他拿起剃刀，最后看了一眼镜子里完整的自己。满头大汗，头上的骷髅纹身仿佛鬼怪似的变换着模样……

去死吧！

刀子深深嵌入头皮，竟让他一时间全身寒毛战栗。鲜血从骷髅纹身的眼洞里涌出来。他咬紧牙关，接着往后使劲，切断了整个纹身。他倒吸一口凉气，接着咬紧牙，用刀子挑开伤口。一个芯片似的东西赫然出现在他的头皮下面！

刘易斯抠出来这个东西，用水冲掉上面的血。这是一个小小的控制装置,因为极微小,就连监狱里的检查设备都没有在他的头上扫描出来。随着它从血污中逐渐清晰了起来,无数信息开始在刘易斯的大脑里翻腾。他这才绝望地明白过来,这芯片不是控制他的东西,而恰恰是他的保护装置!命运……沉甸甸的重量一下压在刘易斯的心头,如今他只能直面自己曾一度逃离的命运。

不知道是忽然获得了太多信息还是失血过多,他感觉自己即将晕倒。他迅速将芯片吞进了肚子里,以免有人找到这个东西。不过他还是没有昏倒。他跪在地上,被记忆压成一团。她,安珀……当他忽然间意识到自己不应该放手的时候,已经宛若过了千年。

不想再逃了。

在她……在他们受到同样对待的时候,自己却还在监狱里逍遥自在。

不想……再逃了……

"墨菲斯先生,"他一个电话打过去,接的人不是那座山,"得了吧,他肯定在一边听着。我已经完全搞清楚墨菲斯先生想要什么了。请他在他的办公室等着我,我这就去替他完成这件事情。哦,对了,我还有个请求。只要实现这个,我就把你最想要的资料给你。你看怎么样?"

对面安静了。这回终于轮到他们屏住呼吸考虑啦。过了一会儿,刘易斯听见一个人的鼻息,便知道那座山拿起了听筒。"说吧,你想要什么?"

"我要莫尔,或者其他什么名字,'盗窃者'、'盗窃者'……随便你们喜欢的绰号。我要那个人。我知道他在你们手里。"

10

那是一个非常瘦小的人,个头比他还要矮上五六公分,一双眼睛躲在厚厚的镜片背后,穿着过膝的白大褂,颤颤巍巍得仿佛随时都会倒下。当他看见满脸是血的刘易斯的时候,也真的差点倒下。

"这就是和我谈笑风生的哥们儿,哈,"刘易斯笑起来,"不管怎么说,我还是觉得有点奇怪,毕竟跟我想象里差得太远啦——"

他故意拉长声音,看着那个人的脸慢慢由白转青。那可怜巴巴的东西终于呻吟了一声,不过迅速就被那座山喝止了。

"你看见他了。刘易斯先生。现在是不是可以履行约定了?"墨菲斯说。

"是啊。但是你知道吗,我一看见这家伙——他的脸,就想起了许多事情。非常多非常多……比方说你不叫莫尔,我也不叫刘易斯。"

"弗兰克,我——我是被迫的!"这可怜的家伙惨叫了起来,"但是只有这么做,咱们才能活下来。你知道看见你我感觉多好吗,老伙计——"

"他们呢?"

这家伙便不敢说了,只颤颤巍巍地看向那座山。那座山似乎也不打算回答什么,只让手下人把枪举得更高了。

"相信我,刘易斯先生,"他说,"这件事情没有那么复杂。我们都是一些人民的公仆,做些分内的事情而已。既然你已经想起来了,那大概也回忆起了你和你的成员是怎么处心积虑地藏匿起了属于国家的研究成果吧?"

刘易斯冷眼看着他。

"按照法律,你会被以叛国罪论处。但是在这么个地方,你知道,看不见天日的地方……就全都要看你自己的选择了。"

哈,说得就像薛定谔把猫关进箱子之前问它想不想死。

"开始吧。"刘易斯说。

他走过那位朋友,坐在电脑跟前。人们看着他输入了一些代码,整个程序便犹如洞开。人们这才想起来,他才是这场大戏的总设计师。

"所有人都死了,是吗?"停顿时,他问。

没人回答他。山清了清嗓子。"我们之前就已经知道了你们的行动,只不过为了观察你们到底要做什么,采取了等待措施……是你们自己选择了现在的结果。"

"我其实挺喜欢刘易斯这个名字的…那天我在报纸上看见,这个人是刚从战场上回来的人……"他不紧不慢地打着代码,"他冲进市政府,一通扫射,但是只打死了几个最普通的公务员……真正的罪人不是他们,先生,而是你这种为了个人功绩就想发动战争的人。"

墨菲斯皱起眉头,意识到可能有事情要超出控制了。他立刻让人去按住刘易斯,但是为时晚矣。大量代码被销毁,很快面具公司最内层就成了一个空壳。

"我们想过的,那时候不是最好的时机,我们的领导者是个战争狂人,这样的武器一旦用到战场上……所以我们想等,换一个人,或者国际局势更稳定的时候,再把它交还给国家。它是我们的孩子呀……怎么可能愿意销毁。但是怎么能允许你们这些败类随便用它杀人……我算是明白了,根本也没有那种时候,因为无论什么时候,永远都有你这种人!"

"别忘了,你可是一位科学家。"墨菲斯的眼睛像两把刀子似的冒着寒光,"你以为凭借你一人的力量能阻挡科学进步吗?"

"我只想要毁掉你,"刘易斯一字一顿,几乎要咬碎自己的牙齿,"无论科学还是国家,都不是我的信仰,就算曾经是,也早就无法在我这里行使任何特权了。你永远也束缚不了我们。我们……我们所有人,都不会放过你!"

墨菲斯气得直瞪眼。过了一会儿,他对着手下瞪了一眼,像一座山似的离开了。刘易斯看着他的背影,一时间无数的诅咒涌上心头,可他终于还是什么都没有说。保镖扭过他的头,把他拖出门外,按进车里。随着车越开越远，刘易斯竟然感觉到了一种宁静。

安珀……查尔斯……莫里斯……

无数往昔回忆涌入脑子，就好像自己的身体一样亲切……却又像上辈子一样遥远。他真的曾经和这些人站在一起吗？他不是一个人绝望地斗争，而是和一群人战斗到了最后，为了信仰……

他合上疲惫的眼睛。仿佛那是一个无尽长梦，此刻的他，正在慢慢滑向梦的尾声。

他们……他们真的改变过什么吗？

刘易斯——或者他曾经的叫法，弗兰克还是什么的——在黎明前被杀了。那是监狱里无人的一角，满地血混着尘土。难说当锋利的刀片捅进他身体里的时候他想了什么，他行将死去，像一块刚被切下来的、神经未死的肉不断抽搐。谁匆匆擦掉了地上的污迹，这个人就这样被彻底地抹去了。

相比之下，人世间似乎什么都没有发生，甚至就连面具公司也在重新整合之后，变成了国有资产。当大字报的风头过了之后，就再也没有人记得了。这场盛宴，成了一场面具舞会，仿佛其股市那样，一路欣欣向荣。

在没人看见的地方，一个程序静静地运转着。它蛰伏着，替已死者继续坚守着他们的誓言，等待着撕破最后的面具。

文/崔榕 / **像素雪**

白色。纯粹的白,好像我不是走入了某个空间,而是进入了一张曝光过度的照片。雪,落在我身上,尽管只有我一个人,却不觉得孤独。又走了多久?我看见一团小小的影子对着冰封的山川,面目模糊。但我知道她正在注视着她的造物。我走过去,情不自禁地拥抱了她。

　　非常温暖。

1

　　"好久不见,"这家伙的西服无疑又高了一个档次,脸上的傲气也就跟着放大了,"过的怎么样啊?""还能怎么样,去了趟海底,看了看美人鱼。"我耸了下肩膀——几十块钱一件的衬衫只能做出这个动作。

他于是大笑了起来,很熟络似的揽过我的肩膀。"很好的建议,我会考虑加上这些的。怎么着,不用我再给你解释新版本是什么了吧?"我点点头。虽然说这家伙原本是个游戏设计师,不过竟然能创造出这个远远超过游戏的、甚至可以说是艺术品级别的伟大造物,确实可以说是个天才。

"真的,你进我的团队不就好了嘛,也不用花那么多钱在游戏上了。"他笑着说。

他天才如此,还要来请我,那是因为,我也是个天才。

"不了。我还是习惯自己待着。而且,我要是在你的团队里当一个职业挑错的,你的同事们会恨不得打死我。"我说。

他大笑了几声,先招呼什么人去拿个东西,然后把我带进一间私人谈话室。"虽然说线路目前还很有限,但是我们确实打造出了几个平常去不到的好地方。"他一边说,一边把桌面上的投影电脑打开。"本来我也没想做那么多。你知道我喜欢到处旅游,所以,想到那些残疾人,尤其那些天生残疾的,一辈子什么都没见过——可是我一开始还没想过那些能去的人,竟然用的比残疾人还多。"

我笑着点头。"对,像我这种。要不是你这个系统,我才不好奇雨林是什么样的呢。"

洛伦斯世界弹了出来。这也是那家伙的名字。

"我们已经很努力了,但是这么大的一个游戏——你也知道,现在正是大好时期,只要有一点不良影响,打击就会非常大。所以接下来的事情还请你保密。"

"我什么时候说出去过一个字,再说了,我能找谁说呀?"听我这么说了,他才打开一个页面。"别的地区倒还好,热带地区是最复杂的一个区域,也是人流最多的一个区域,所以非常容易出问题。那里地貌复杂,对于普通人来说很难适应,我们已经把其中容易造成不适的都删掉了,但是……你也知道,我们不是你。你才是最高级的体感天才。"

我点点头。这说法挺受用的。

对于我这样的民间人士,被称作天才的唯一方式就是,在所有体感游戏里称王,提供大量意见,并帮助修改游戏。不过一开始我是违法修改,差点被他们告上法庭。幸好洛伦斯有相当的预见性,事情才没有发展到那么严重。现在我们已经合作了五六年了,他们公司也成了我主要的经济来源。

"我们会提供给你最好的设备,要求你按照以下方面进行实验。然后把这个表格填一下。"他递给我很大一个夹子。"到现在还没有去纸化吗?我记得你以前说过来着。"我问。"还是不了,最近一个月以来,公司系统被攻击——鬼知道多少次!上千次还是上万次?"他撇着嘴,做了个怪脸,"人就是这样,一旦冒个头,别人就想来踩死你。好了,我知道这是大工程,这回会给你上回的五倍,千万要保密呀!"

我用我妈的头发发了誓,没告诉他我接下来要去给她买一顶新假发的事。

这样,仍然一贫如洗的家伙走出资产亿万的巨豪公司,带着轻快的步子重新走入他自己的生活。

2

最高级的设备确实不一样。当它寄到我家的时候,我妈已经顾不上假发了。她料定我把房子抵押了,才买到这么昂贵的东西。我好不容易才把她挡在门外,接着便兴冲冲地戴上这些设备。

他们给了我一个特殊ID,这样我能不被其他玩家注意到,也不会被爆满的服务区影响。我顺利到达美丽的鲁文佐利山。这是一个固定的景区。游戏目前还做不到输入一个经纬度就能把你送过去,不过据说这是他们的目标。我想象过不幸把自己送进火山口的人的命运。

因为温度设计,即使是最高温度,也比实际的非洲低了很多,以免引起很多身体素质差(比方我)的用户的不良感受,甚至是猝死。同理,两极的温度也远远高于实际,大约最多只有纽约的冬天那么冷。

"月亮山"鲁文佐利在这里没有乞力马扎罗那么大的名气,有些线路还正在开发,荒无人烟。但是这里的确是个好地方。连绵不断的雄伟山脉,带雪的山川,包裹着蒸腾着热气的雨林。我像很多出游者一样，使劲呼吸，感觉浑身舒爽——不过很快我就记起，我的小屋子里的空气可没有那么好——便很快作罢了。

至少在限定的旅行线路内，很多东西的运转都是正常的：树枝可以晃动，你也可以折断它，不过一天之后游戏刷新了它就会长回来（不然这种改变的积累可不是系统能应付得来的）。鸟雀的飞行路线每天都一样，但和太阳每天都升起一样，没人会对此有什么微辞。

我也走了一些限定之外的路。延展没有想的那么大，到了一定的位置，就会有各种有形无形，而且无法移动的阻碍让你自然退却，比方几人高的荆棘丛，或者山石。我也实验了一些看似没有阻碍的，比方说山崖，也有玻璃墙一样的无形屏障挡着，不过撞上去的感觉不像别的游戏那么生硬而已。

基础的观测到此结束，我打算退出去填一下表格。我正出发去下一个体验站点，一个我始料未及的场景出现了：就在我面前不远处的天空中，竟然降下了白色的雪！

这——这是什么BUG？我迅速跑过去，确认那雪到底是什么东西。我跑到山崖边上，白色雪大片大片的飘在山谷间，不落地就消失了，好像一场虚假的梦。

我试图往前走，想要离那片异景更近一点。忽然之间，山峰、树木甚至天空在我眼前变成了扭曲的像素点。此时我才意识到自己正在坠落——游戏没有设置下坠感，也没有风声，这是因为担心一些玩家的心脏受不了。我掉下去了，这里为什么会有一段没有保护的地方呢？眼前的一切都扭成一团，仿佛融化的焦糖，勾起了我的恐惧。

我要到哪里去了？我要怎么出去！停！停下来！

3

"这不可能！"那家伙断言。

"那好吧，"我耸了下肩膀，"那你就当我是个想要敲诈你的家伙。反正到时候是你的玩家掉下去，他们会看见本来不存在的东西，是你的名誉受损。"

他看上去的确相当懊恼。其实不怪他，就算是我，也不会相信为什么凭空会出现这样一个BUG。毕竟造雪的程序并没有设计在非洲地区，更别说是赤道了。

"保护屏障我会让他们加固。但是雪……"

对。雪。

我醒来的时候头很疼。这要多亏我妈，她听见我在叫，就强行按了电源。这当然无可厚非，只不过让我接下来几天都像喝了一大西洋的百威。

"我相信你,但是偶尔出现一些小的事故也无可厚非……"他搓着手,似乎那就是能让他脸上的微笑维持的动力源泉,"感谢你的发现。这个 BUG 我会好好处理的。但是你也知道……""啊?但是我还没——"我眼见着他把抽屉拉开,从里面掏出一沓子支票(上古造物啊),匆忙写下一个数字,签好了字塞进我的手里。我的天,这个数字空前巨大,可不是我们最初约定的那个。

看着我一脸愕然,他大大地微笑起来。"所以,还请你保密啦。"

我再次用我妈的头发发誓。

为了控制头疼,我不得不有那么几天远离我那一屋子游戏,还对百威产生了抗拒反应。为了不让自己脑袋爆炸,我破天荒去了趟所谓的同学聚会。那一个个精英阶层,在说起自己的事业和家庭时的模样——估计我只要掏出那张支票,那些个名为荣誉感的老兄都会瞬间猝死街头。

我很快就脱离了那帮顶级无聊的家伙,开始一个人漫无目的地走。习惯了体感游戏,走在街上总有种不真实感。没有屏障替你拦截车辆,也没有固定的引导路线,告诉你接下来的路该怎么走。摔碎的东西永远碎了,飞过的鸟可能还飞过,路线却跟昨天不一样了。

两个年轻人的正好拐弯过来,走到我的前面。他们是那种很典型的低端玩家,喜欢拿一些花钱的玩意儿来炫耀自己的实力。确实有些很玄的家伙,比方说控制重力器,曾经出现在电影里的那玩意儿,现实要实现那个绝对是无稽之谈,但是洛伦斯世界里就可以。还有一些飞行装置。当然，用多了这些玩意儿，你就绝对没办法在真正的街道里走了。

总之这两个走得歪七扭八、大肆吹低级牛皮的家伙让我看着心烦。我正打算快走几步超过他们，就听其中一个大喊起来："可恶！不是吧！下雪了？""下雪了？哪里？欧洲还是澳洲？"他的笨蛋朋友问。"不是，你自己看，是洛赤道附近，竟然下雪了！听说整座鲁文佐里山都白了呢！"

这下我的洛伦斯小朋友该需要我了。我幽幽地想。

我一回去，就看见我妈在门口煞有介事招呼我。"本？本啊，来了个西装革履的家伙，还戴着墨镜，是不是政府的人呀？你是不是犯浑入侵政府网络了？"我安慰她，然后不动声色地走进去。坐在客厅里束手无措的墨镜男确实是洛伦斯。我看见了他腿边放着的一个密码箱，估计他已经带来了不接受我的建议的代价。

"下雪了？"我问。

"暴风雪。"他擦了擦额头的汗。

"这不是好事吗，这事估计过不了多久就会上新闻，不是为你们做了免费广告吗。"我拿过来一个杯子，拿水涮了涮，给他倒了一大杯"妈妈做"橘汁。纯粹的原生液体，一点人工糖分都没有，几乎让我的朋友的心情变得更糟糕。

"行了，行了，大哥，我知道我错了，"他举起两只手，"败给你了。谁能有你这么敏锐的观察力呢？求求你就别和我开玩笑了，你知道这是个多么大的问题。关键我们无法修复这个……谁知道这只是一场雪,还是世界毁灭的起点呢?"

我也给自己倒了一杯,灌了几口。"老规矩。你知道我是好说话的人,而且我也没什么想要的。不过这事情发展到今天这样,也挺麻烦,不是么?要是你的上级恼火了……"

他咧开嘴,努力摆出一副非常迷人的笑容。"他已经要杀了我全家了。就当是救我一命,所有玩家的信息对你打开,只要能找到那个想制造麻烦的家伙。"

"这不应该找警察吗?我可先说好我不管人的事情——"

洛伦斯微笑着打开箱子。

4

我确信之前见到的漏洞一定是暴风雪的原因。破伤风细菌就爱往伤口里面钻,那些家伙可能也有这种变态的兴趣。嗯,这个世界早晚会因为有他们和洛伦斯那样的人变得美好起来。不过这会儿,倒是我这个中间分子谋利的时候。

我被传送到了鲁文佐里山区受灾最严重的地方。我可爱的寂寞之地就这样被一群蛮不讲理的家伙统治了，他们在一片茫茫然中大喊大叫，赞美那无与伦比的景色全都湮没在了灰白色之中。

我对我的损失倍感遗憾，不过还要忠于我的工作。雪势最大的地方很有可能就是存在漏洞的地方。不过我还是有些怀疑，洛伦斯那家伙是否把全部的信息都告诉了我，所以在面对这个漏洞的时候，我比平常要更加谨慎。

雪。生活在偏干燥的地区，雪是很少见的。我和很多人一样也伸出手，想接住几朵雪花，看看它是不是和现实一样易融。雪片穿过了我的手，只让我看见了它的残影。天啊，这不是洛伦斯世界的造雪程序！这根本就不是雪，而是——像素片！或大或小的白色像素！

我这时候才注意到——我调高了温度感应，却感受不到这像素雪的冷。它不但没有造雪系统里雪的形象，也没有相应的温度变化。

果然，这并不是系统内部出了什么故障，而是一种病毒。通过不断堆积，伪装成了雪的感觉。但是目前，我还看不出来这些像素雪除了改变了景观之外，还对洛伦斯世界造成了怎样的破坏——虽然说景观本身也可以说是破坏了——但我总觉得其中应该有些深层次的问题，不然就成了某些高端作弊者的低级趣味玩笑了。

我参照了员工们对于这片区域的报告，可还是不能理解这种病毒的工作原理，更不知道它从何而来。这让我有些恼火。我离开了人群，寻找缝隙可能藏身的地方。透明屏障都在。我一寸一寸地检验着，摸着看不见的墙面。不应该啊。那上回只是个偶然吗？

"哥们儿，你找什么呢？"一个"苍蝇"过来。他有一对嗡嗡作响的小翅膀。"啊，我——"我不知道怎么解释。苍蝇降落下来，一副轻车熟路的样子对我说："我知道，这地方经常变，我也觉得不好找。我带你过去。"

我不知道他在说什么，但盛情难却，也就跟着他走了过去。走到了一处山崖，他忽然停住，说了句就是这里了，就猛地一推。我还没反应过来，忽然之间，却发现自已经身处一家二十世纪五十年代风格的酒馆里。苍蝇看着我哈哈大笑，说自己就喜欢这么搞新人。

看来这就是之前让我摔下去的东西。有人利用这个游戏，创造了一个不为人知的夹心空间，来做自己可爱肮脏的小买卖。不知道严重洁癖的洛伦斯会怎么想这件事情。我尚看不出夹心空间的设计者和这雪有什么的关系。但至少他制造这个空间肯定会导致系统不稳定，而且雪的出现也的确大大刺激了他的生意。

我赶走了那个自以为很幽默的家伙，开始自己逛。这地方造得还挺像样子，当然了，墙面和桌面总是不怎么平整的，就像是糟糕的泥瓦匠和木匠的手艺——根据这一点，倒可以证明它来自于一位业余者之手。我估计这种粗糙感是来自于C-P90系统的用户，或者它的某一位亲戚。

一群人帝企鹅似的堆在墙角，站着或者倒着，有的还在微微抽搐。看他们的表情倒是非常愉悦——这种情况我在其他的体感游戏中也听说过,有人会贩卖一些外挂程序,可以大大提高大脑愉悦的阈值。这些人看起来就像吸毒,而实际上,这种程序造成的脑伤害比起吸毒绝对是有过之而无不及。据说也有因为过分沉迷造成死亡的倒霉家伙。

有些酒鬼花了昂贵的费用,只为了来这里喝一些虚假的酒。有些赌徒盯着虚假的骰子,指望那玩意儿能背叛程序随了自己的意。虚拟世界就是这样,一旦制作得过分真实了,它剩下的部分就会自动填充——社会渣滓,在现实活不下去的人,又会充满它的最底层。当然,我也没把我自己排除在外。毕竟酒精无罪。

我坐到酒保跟前。"多好的雪景啊,"他抬起头,看上去四十多岁,上帝似的安详的脸,"喝点什么?"

"我还不清楚你这里都有什么。"我说。

"这个世界上所有该死的液体,哪怕你想喝刺鲀毒液,也可以。反正都是一样的价格。"他微笑着说。这笑话真好,不会毒死人的一整杯纯正的刺鲀毒液,听起来还真像是贵族才能喝的高端饮品。

"还是来一杯百威吧。"我笑回去。

他从柜子里拿出来一罐,竟然是冰凉的。看来这里也调整了温度。我们的洛伦斯可能要气到在鲁文佐里的峰顶上来个托马斯大全旋了。

"这雪真的太玄了。真的太玄了。说真的,我从小到大,还没见过那么不靠谱的东西,"我灌了一口酒,没想到竟喝不出差别,"我倒真想揍那个家伙一顿。本来我这周计划挑战攀登这儿的山来着。"

"是啊，不少人那么想。你应该发现了吧，其实那些并不是雪。可是他们竟然根本看不出来。真不知道还能指望他们干什么。"他说着，自己也倒了一杯。我现在怀疑他是不是有一个无限冰镇百威的BUG，要是真的，那我就要把洛伦斯的钱还回去，永远泡在这里。

"你怎么想？我是说，这雪不能凭空而来吧？那些设计人肯定不想来这么一套，而且如果真是系统内的故障，雪也肯定不是这样。"我压低声音说道。

"你说的对，所以这肯定是外来病毒，"他完全忘了自己是在什么地方，"这肯定是谁故意这么做的，不然光是雪能有什么用呢？我倒觉得这可能是一些反对者玩的把戏。你想啊，赤道下雪，谁听说过？谁见过？人们都往这里聚，系统总是有个承受极限的吧？只要把这个极限挤爆，那些反对者就能彻底瓦解这个虚假世界。你别不信，很多自然派人士都对这个系统很是不屑呢！"

我觉得这位老兄说得有理，不过看他一副阴谋论的样子，这事儿肯定不是他干的。话说得多的往往最无能，真正的始作俑者才不会站在这里大说特说。干了不说，天底下的聪明鬼都一样。我把酒钱付了，在他的指点下重新回到了上面。虽然很对不住他的友好，不过这个夹心小茶心我还是得处理掉。

啧啧，钱啊。

5

玩家信息非常庞大。稍微有点脑子的家伙就不会真的输入自己的真实信息。不过，人总是人，总会有些相关的行为可以发现。

我打开电脑，连入了那家公司庞大的玩家库。这个家伙能有现在的水平，肯定之前就玩过类似的把戏。我筛选出其中一些涉嫌使用外挂以及被封号的玩家信息。经过程序编码的分析，我发现其中有些人使用的外挂程序明显为同一个人编写的，而且这个程序非常高端，且有扩展游戏空间的能力，很有可能就与目前这个夹心空间有关。不过光从玩家信息我实在看不出这是谁的手笔，这让我有点恼火。

我开始在信息里搜索，有没有在封号之后又换新号重新开始游戏的。在电脑长达一天半哼哧哼哧的寻找之后，我对应上了一个玩家。他曾经在上一个号上花了可能有好几万美元，估计他对自己的老号有很深的感情，新号装备很普通。

我让洛伦斯的工作人员帮我盯着，等那个玩家一出现，就把他的坐标发给我。午夜十二点，一个电话石破天惊地打来。一个员工告诉我，他上线了。

我迅速上线，赶到了那里。在一片白雪皑皑之中，这人躺在地上，像是嗑了世界上所有的毒品。我把他拽起来，破解了程序，手动调低了他的愉悦阈值。不知道哪个混蛋卖给他这么夸张的玩意儿。这人又过了半个小时才清醒过来。

"发生了什么？"他问，"你是谁？现在过去多久了？"

"已经三天了,我们以为你就要死了,刚才叫人去求救了。"我信口胡扯。

"我差点以为自己就要死了,"他还迷糊着,竟然全都信了,"真是谢谢你了。"

"不用谢。我是这家公司的员工,最近正在调查滥用'毒品程序'的事情。"看他紧张,我连忙改口,"其实主要就是保障玩家的安全。你之前的号被封了,不是吗?只要你配合我调查,我就把之前的装备都还给你。"

这话显然让他大吃一惊。"真的吗?"

"我拿我的职业生涯发誓。"玄乎其玄的词,不过幸好他相信了。我就和他本人约了个时间地点,同时伪造了一张巨大且正经的表格——或许其中绝大部分都对洛伦斯有用,不过其实只有最后几个问题对我有价值。

第二天我就见到了这位即将帮助我的可敬的人。他一头红色卷发,足有三百多斤,看上去更像是有三个我那么大。我暗自庆幸他在游戏里的角色并不是他本人。

"你知道使用这种'毒品程序'的危害吗?"我问。

"实际上,对不起,先生,我根本不知道这算是毒品。"他摊手。听他说话的方式,倒像个几进宫的油子。

"因为这种程序的使用,已经造成一些玩家死亡,所以我们不得不重视起来。毕竟对于一家公司来说,名誉才是最重要的,你说是不是?"我说。

这胖子竟然非常怕死,听我一言,汗都下来了。他很快就交代了程序的购买、付款方式等诸多信息。终于,我问到了我最想知道的事情:"你能告诉我,上回导致你被封号的那个外挂,到底是从哪里买来的吗?那个外挂非常危险,有破坏掉游戏结构的可能,所以我必须知道。"

这对话之后,我给洛伦斯打了电话。"给一个人解封,嗯,就是之前我让你们查的那个。我答应他的。别激动,我可是得到了你想要的信息。马上就能找到那个人了。"

胖子给我的是一个推特号。这个号的信息都是虚假的,纯粹倒卖东西用的。但是我破解了之后,却发现它的好友里有一个很有可能就是卖家,有可能是为了方便接收信息。我又破解了那个人的号,发现此人虽然是大学生,却买了很多价位离奇的奢侈品。线索找到,我便打算去会会那个人。

6

我看了看表,在非常精准的时间到达了 PGQ。这倒是我第一次来这种快餐店。我妈从小就给我灌输垃圾食品的危害,不过良好的食物并未阻止我长成垃圾。这倒不是她的错。我看向窗外,那些人匆匆走过,就好像他们有一个固定的身份——"那些人",一个完整、庞大、不断移动、分裂着的个体,一个不容我融入的个体。

这样过了几分钟,一个非常年轻的身影窜了进来,开始四处寻找。我打了个手势,他就咬牙切齿地坐到了我的对面。"你是怎么知道这件事情的?"

"我是侦探,"我活用了一下自己的身份,"这家公司的老板委托我来抓一些老鼠。你知道老鼠通常是用来比喻什么的吧。"我把他的交易证明全都摊在桌子上。

这小子脸通红,不过打定主意什么都不说。

"这说法确实不公平,因为你显而易见是个天才。不过你也该知道自己犯了法,对吧?之前你卖的变种'毒品程序'差点让这个家伙死掉。"我继续说。

"那可不是我干的。是有混蛋把我的创造和别的东西混在一起了。"他倒是很愤愤。

"对,我估计也是那样。不过你既然能创造出这么一个空间,干嘛不自己做一个属于自己的世界呢?"我问。

"这个嘛,你也知道。踩在别人的背上才能站得更高不是吗。我顶多有能耐站住,可却没有能耐爬上他们脚下的山。那个团队可不是闹着玩的。不过我目前也够了。"他说着,又有些得意起来。

"是,违法所得应该已经相当多了。不过,用雪来吸引游客,这么好的想法是谁教给你的?"我问。

"我不知道!"他撇着嘴,"就算知道我也没必要告诉你。"他说着,一边忽然想要夺我桌子上的物证。我给了他一拳——我虽然看着瘦弱,但在模拟擂台上也是冠军——让他老老实实坐回去。

"既然如此,那也没必要客气了。"我给洛伦斯那边发了个定位。很快警笛大作。这小年轻的才明白自己的处境,忙大叫起来:"不是,不是,先生,真的不是我干的。那雪跟我一点关系都没有,我就做了个空间而已,这件事情在外挂里也很平常的,你知道——"

直到警察进来把他按住,他仍然这么说。看来此事的确同他没有什么关系。我正在纠结应该怎么和洛伦斯交待,谁料那年轻人竟然突然改念头了。

"等一下,"他忽然喊道,"有一件事我没告诉你。"他大约以为我才是这群警察的头了。"那个系统是有问题的,你老板他肯定没告诉你,也肯定没告诉任何人。他的世界之所以那么真实,是因为人和系统之间的互动关系。也就是说,世界能够改变人,同时人也能改变世界。"

我突然意识到我一直忽视、洛伦斯极力想要隐瞒的东西是什么了。

洛伦斯世界的命门。

"人也能改变世界,但是一定程度之内的改变,并不会影响什么,因为世界的修复力很强。所以我利用电脑程序代替人脑的反应,造成了空洞。那个人也一定是那么做的,虽然我不知道他到底干了什么——那人太厉害了！我都说了，大哥你看——"

我朝着警察笑了笑，这英勇的小子很快就被带走了，只有我一个人陷入了疑惑。那个造雪者既然掌握了这个命门……已经拥有了如此技术，他到底想要什么呢？只是破坏这个世界，还是另有所图？

7

几天不见，洛伦斯的脸色难看得像刚印出来的金融投资指南，那个可悲的杂志今年新换了蓝色封面，来应对在谷底哆嗦的股市。

"看来你已经尝到了把世界建造的太逼真的恶果了。"我给他倒了橘汁。这回他倒是一口气喝了进去。"没关系，我都习惯了，反正什么世界都那么糟糕。"

"这事情真的很严重了。竟然有人在我的世界里贩毒？这感觉就像——"

为了不让我温文尔雅的朋友说出太多不雅的比喻，我打断了他的话。"我觉得酒吧倒是一个创造性发明，行了，老兄，有百威和橘汁喝，还能指望别的什么吗？"

"那个混蛋小子我当然会教训他，可还是不能知道那个雪花到底是怎么来的吗？要是再这样下去，算上之前的漏洞，我们就不得不暂时下架洛伦斯世界了……你知道……这还不如杀了我……"

我拍拍他的肩膀。"方法很多，只是不知道咱们对面那个家伙，到底是像我一样善良的人，还是像那个小子一样唯利是图。不过这回你总不能再有事情瞒着我了吧？关于反作用这件事情我还是从那小子嘴里听见的呢。"

"这个问题公司里讨论过，"他揉着自己的头发，"董事会一致认定，这个漏洞非常关键，不能透露给任何体制外的人，抱歉了，我也是没办法。除此之外，我发誓，就再也没有瞒着你的事情了。"

"我理解。那这样吧，"我说，"先试试在世界里和他对话，问问他想要什么。"

在全世界超过五十万玩家的注视下，一个巨大的由石块堆积起来的程序码出现了。这个程序经过加密处理，我们料想，应该只有差不多能制造像素雪的人才有可能解读出来。如果那个人唯利是图的话，那肯定不能拒绝背后掩藏着的二十万美元的奖金。

不过遗憾的是，除了洛伦斯真的花了很大一笔钱、他的团队又多了几个天才员工之外，什么期待中的回应都没有。像素雪还在狂飙，似有吞噬诸多山峰的雄心。

不出意外，那家伙很快就又把我请到了办公室。"不行，我必须把这个撤下来了。这个世界上的天才总是比想的多多了。本，本呀，你就没有别的办法了吗？"

"有。这是一个……比较要命的办法。老兄，我问你，你有没有和那个混蛋同归于尽的决心？"

洛伦斯被我的说法吓了一跳。不过他听了我的解释，确实也觉得是一步险招。

其实解释起来很简单。能造成如此大BUG的系统等级不会很低，我们可以通过设计一个像素极高的东西，导致一些玩家的系统暂时性崩溃，以此来筛选我们要找到的人。但是无疑，这种做法一定也会让洛伦斯世界遭到大量的投诉。

洛伦斯陷入了沉思。他说要跟上级商量一下，很快就跑走了。过了一会儿，他回来了，脸色非常不好。而我已经猜出了他要说的话。

"老板不同意对吧？"

"是的。"

"但是你还是要试试，对吧？"

"敢破坏我的孩子，我一定要揪出那个疯子！"洛伦斯皱着眉头，眼睛里全是那种天才才会发出的愤怒的光。

看吧，这才是我真正乐意和他合作的原因！

8

筛选开始了。这是一个很漫长的过程，在我的建议下，他们暂时关掉了投诉系统，好把所有的精力都用在寻找上。

"这个像素雪可能是利用一种恒定的反作用，所以当系统突然出现崩溃，一些比较高级的系统会优先做出反应。这样我们就能找到内鬼了。"我说。

"你怎么知道得这么清楚？"洛伦斯皱了下眉头。

"谁都会有……失误的时候，但是第一当惯了，所以为了以防意外，我以前还是做过一些准备的。不然我也不能总是一分钱就赢过那些浑身上下都是美元的家伙吧？"我尴尬地笑笑。在洛伦斯的注视下，我不得不交出我珍爱的魔力方块。这个可以随意调节像素和对象的程序，可以直接让我的对手卡到死，而他们根本不知道发生了什么。

他们将魔方的程序加入到游戏中，一场世界级别的卡机大作战就开始了。一批又一批的 ID 消失在了我们眼前。这感觉就像压在心头的一座大山被一块石头、一块石头地卸掉。但是五十余万并不是一个小数目。

在第一层筛选中，我们滤过了大约四十万的平民玩家。这让我不得不感慨，这世界上有钱又内心空虚的家伙，可远比统计数据多多了。这个级别，光是设备就要 30 万美元以上，更别说无数游戏里的装备。

  我们又强制下线了一批拥有正版装备的玩家,而把视线瞄准那些有使用外挂迹象的。我让他们加快魔方参数的修改,看对像素雪会产生什么影响。果不其然,随着数据参数震动,像素雪开始发生抖动。我们很快发现有一个玩家反应的频率和像素雪是一样的,而且和其他的都有很大的反应偏差。

  找到了。

  "报警吧,"我对我的朋友说,"我们去会会那小子!"

  虽然一开始就料到了,但是还是没想到,这是一处坐落在市中心的双层别墅。看来牟取暴利是不太可能了,倒更有可能是个极端自然分子。洛伦斯提交了证据,走了一通漫长的正规程序——这期间我委托他的下属盯好了他,以免他杀到那户人家——然后,便跟随警车去往造雪者的家。

  车一停,洛伦斯就立马冲下去。安全起见,我只能跑到他前面。我敲了门。没有反应。我又要敲,洛伦斯已经按捺不住了,把我拉开,自己死命捶打起门来。就他这派头,哪怕是 300 斤的壮汉恐怕也不敢轻易开门。

  "让我们来吧。"警察非常有礼貌地提出申请。

  "把这门踹飞,我就不信他还能不出来!"洛伦斯喊道。

  警察或许刚想解释自己并不负责"暴徒"这项工作,门就自己开了。出来了一个非常瘦小、家庭妇女一样的人物,颤颤巍巍地问我们发生了什么。洛伦斯看见门开了，就想往里冲。我和一个警察差点把他像歹徒那样按在墙上，才阻止了他。

"冷静，老兄，我们的警官是有搜查令的，"我转过头对这位和蔼的中年女人说，"这房子似乎有个人对我们造成了不小的困扰和损失。能让我们见见你的儿子吗？"

中年女人非常疑惑。"这个房子里除了我，就只有我雇主的女儿了。可是她——"

啊，这还是我性别歧视了。我于是立刻改口道："那就请让我们见见那位小姐。"

"但是那位小姐不可能出门的呀，她几乎都不会动……"

这下倒是我们一群人面面相觑了。在中年女人的带领下，我们疑惑地走入这个房子。整个房子非常冷清，可以看出她确实履行了自己的职责，把一切都打扫得很干净，但是却没有什么生活的痕迹：没有装饰品，书架也是空的。茶几上倒是有织到一半的毛衣。根本看不出来有个女孩儿住在这里。

我们上楼。我把洛伦斯拦住，以防他对着一个女孩儿操练他花了一万美元练习来的拳击——不然到时候警察按住的就是他了。女佣开了门。

穿着白色睡裙的女孩儿端坐在整套最高端的装置中间，对于我们的出现毫无反应。我们走过去，见这女孩儿看着眼前的屏幕，金色的长发整齐地垂在肩畔，静若一个精致的木偶。

"莎伦天生就是这样,好像是……孤独症?她的爸爸是个商人,平时工作很忙,没法照顾莎伦。平常都是我带着她去医院做康复。之前医生告诉我这个游戏可能会让莎伦对外界产生兴趣,我就和她爸爸说了……"

我们愕然地看着这个女孩儿。她不能和外界交流,却在内心里掩藏了一个如此巨大的秘密。警察们也明白这并非什么恶意毁坏,也无法逮捕这样一个女孩儿,一阵子哭笑不得之后,也就一个个离开了。

"女士,"我问女佣,"莎伦喜欢雪吗?"

"是啊。去年下雪的时候,她看了一整天,甚至都不愿意吃东西。"

"但是您从来都没有推她出去看过?"

"是啊,太冷了。莎伦要是生病,那简直就是噩梦……"

"那您给她看过雪的图片吗?莎伦知道雪花长什么样子吗?"

"哎呀,这个……我倒是从来没想过……"

我看向了倒霉鬼洛伦斯。"看来我搞清楚雪为什么只是像素了。"他也点点头,说只能有这种解释了。我们只好接受这个答案。和两位女士告别之后,我们要走回去和那个穷凶极恶的老板复命。

"我们可以敲诈她那个除了钱一无是处的老爹,"我揽过我的朋友,"这样多少还能挽回一点损失。不过你不会把这个姑娘的事情说出去吧?"

"那样全世界都会来报道的,"他也同意我的说法,"可是现在怎么办呢?剥夺她和这个世界交流的方法?"

"没必要。我倒是觉得只要把网络连接切断就好了。我倒是想知道她的世界最后会变成什么样。不过,你答应我的重谢,我可是一分都不会少要的。"我说。公正得像大法官。

洛伦斯叹了口气。"但是你得把那个给我吐出来,无限冰镇百威外挂。"他说。

9

要不是那家伙告诉我洛伦斯世界发布了最新的版本,我几乎都要把他忘到大西洋深处了。他真的开放了深海探险,主题是泰坦尼克号探索和亚特兰蒂斯遗迹。不过说真的,这件事情并没有他料想的那么成功。人们的深海恐惧症比自己想象的还要严重。

"糟透了。"洛伦斯总结道。

"别这样。你还可以试试外太空旅行什么的。咻——属于你的外太空旅行,不必再担心有去无回……"我说。好吧,这还是烂透了。

"人们现在终于觉得,能自己出去走走比较好。这倒是一件好事。

不过那个恶魔也能这么觉得就好了。"他说的是他的老板。"本，你说，要是我自立门户呢？会不会很困难？"

"那……那你就要放弃洛伦斯世界了？"我有点不相信他的话。

"是啊，但是能有什么办法呢……在这里，它就是我的极限了……"他晃了晃自己手里真实的百威酒瓶，里面的酒已经所剩无几，"我知道你要劝我什么。你会说，人啊，能有一个像洛伦斯世界一样伟大的成就，就已经很不容易了。我可以坐在上面吃一辈子，而且就算我再做什么，也可能超越不了——"

我用瓶子碰了一下他的瓶子。"我不会那么说。我也不会给你任何劝告。要是咱们是听从劝告的人，我怎么会活成这样？你又怎么会活成这样？"

他点点头，喝完了最后的酒。

"希望日后我还拿得出，能让你这家伙出马鉴定的作品。"他拍拍我的肩膀，站起身，脚步坚定地走出了酒馆。人总是不知满足的，不知道这算是优点还是缺点。

我看着剩下的酒。白色的泡沫，忽然间激起了我深层的记忆。啊，那个女孩儿……她的世界现在怎么样了呢？

我敲开了那扇门。还是女佣开的门。在我解释了来意之后，她将我请到了那位小姐的房间。她还在那里，甚至姿势都和我记忆里一模一样。岁月，仿佛将她困在了这里，让她成了一个不会说笑、但也不会老死的幻影。

"打扰了。"我将自己的装置和她的连接好,深吸了一口气之后,戴上了头盔。

这是……像素雪的国度。

白色。纯粹的白色,好像我不是走入了一个制造出来的空间,而是一张曝光过度的照片。雪,落在我身上,尽管只有我一个人,却不觉得孤独。山川,树木,甚至每一片雪,都是我的朋友。在这个荒凉至极、安静至极的世界里陪伴着我。

原来这才是她的世界。没有那么多喧闹的色彩,也没有那些人世间的纷争吵闹。但也从来不会感到寂寞,更不必担心被谁抛弃或者遗忘。我忽然间被这种极壮丽极安详的世界深深吸引住了,它深入到我过往糟糕的回忆,又把它们像乱糟糟的毛发一样抚平。

又走了多久?我看见一团小小的影子对着冰封的山川,面目模糊。但我知道她正在注视着她的造物。我走过去,拥抱了她。

非常温暖。

"谢谢……"我热泪盈眶。

她看着我,一会儿便形成了一个雪白的我的形象。我笑了。抱自己多少有点令人尴尬,和自己和解或许才是这个世界上最困难的事情。

我又再次拥抱了她。我絮絮地说了很多最近的事情,黄色新闻,或者其他什么东西,只要是我记住的,也可能是很久之前的事情。

她只是听着，雪花在我面前不断改变着形象。

当女佣告诉我小姐要吃饭的时候，我才恋恋不舍地离开。或许明天就会再回来，也可能再也不回来。其实无论怎样，我已经得到了我应该得到的全部。

再见了，我冰雪世界的公主。

文/合理 / "隐士"

我叫乙一一,是一个隐士。

在我们隐士圈里,有个规矩。无论你是达官显贵,还是凡夫俗子,一旦决定成为隐士,那就应该彻底与之前的生活告别,将之前的生活遗忘。环抱青山绿水,终日饮酒作乐,这才是我等隐士的最高追求。

只是,在如今这个人口大爆炸的时代,大街小巷里到处人满为患,想要觅得一处兼具了无人烟和风景优美的僻静宜居之所,成了比登天还难的事情。像我这样的隐士,只能放低要求,无奈地隐入市井的嘈杂之中。

道家有个说法:"小隐隐于山,中隐隐于市,大隐隐于朝。"把我们这些做隐士的,按三六九等分了类,这在无意间也给了我一丝心理安慰。毕竟,按照这个评级标准来看,我已经是一个中级隐士了。我并非不能理解这句话的含义,也不是不相信在最嘈杂、最世俗的地方,同样可以达到物我两忘的境界。只是,我始终认为,没有一个隐士会拒绝一处隐藏在山林里的僻静之地。

我选择隐居的这个地方,原本只是一片棚户区。随着城市规模的不断扩大，原本的棚户房，不断地被新建的高楼大厦蚕食着，逐渐成了城市里被孤立起来的荒岛。这里向来人烟稀少，自然相当僻静。后来，为了增加土地利用率，政府把这里作为安置房分配给破产的人来居住。剩下的空地，则被作为垃圾场来使用。

这里的房屋，没有棱角，都是畸形的。即便如此，只要你仔细观察，还是可以发现它们的相似之处。简易的石棉瓦屋顶和红砖砌成的围墙是绝对少不了的。如此一来，通风条件倒是相当不错，只是不能防雨。房屋与房屋之间，没有任何一条道路是笔直的，更谈不上绿化或是公共活动场所了。少有的空地，也被堆满了报废的汽车、飞机和各式各样的机械设备垃圾。生活所需水电气不用花钱，只是按时段计划供应的。一天的总量有限，用完为止。一日三餐都可以在救助点领到，想吃大餐不现实，果腹倒是没问题。在冬季最寒冷的那几天，甚至还有机会领到棉被等御寒物资。

对于无家可归的破产者们来说，这样的条件可谓优越。想要进到这里，要先通过公安系统的犯罪记录审核（在逃罪犯会被立即送监）。之后，银行会调查存款和固定资产（只有被判定为无力偿还任何债务的合法市民才有资格入住）。在大多数情况下，银行的审查都只是过场。

关键就在于最后一步，上交市民卡。

如今，市民卡已经收集了每个人的所有信息，它是从前的身份证、银行卡、护照等的集合，还完全取代了纸币。个人财产，早就成了储存在网络上的一小段数据。只要简单地刷一下，就可以完成支付。

如此一来，没有市民卡，任何人在城市里都将寸步难行。

于是，棚户区像是一座没有围墙的监狱一样，把来到这的人都囚禁起来。这里就像是个围城，外面的破产者想进去，住在里面的人却都梦想着可以回归原来的生活。只是，进来的人，从未有人如愿出去。这里虽然吃喝不愁，但没有任何收入来源。如此一来，谈何东山再起？

来这的人，从来都是竖着进来，横着出去。死了死了，一了百了。可笑的是，直到死前的最后一刻，才会有人意识到自己已经一无所有。人死后，会有专人过来收尸和消毒。空出来的屋子，会被分配给新来的人。当然，邻居们都会约定俗成，拒绝向新人透露前任房主的任何情况。

死亡在这里近似于消失，等同于解脱。

放弃市民卡，就可以有饭吃。对于破产者来说，情况大体就是如此。

隐士的"隐"和隐形的"隐"是一个意思，棚户区的居民自然不会注意到我的存在。对于他们来说，我就像是一团水蒸气一样虚无缥缈。很多人与我擦肩而过，却从没有人与我进行过任何形式的交流。这时候，我又像是一台摄像机，记录下周遭的人来人往，没有意愿也没有能力以任何形式去进入他们的生活。以一个透明人的身份，我可以从上帝视角，观察着棚户区的众生百态。

王有才，男，54岁，原来工厂里做装配钳工。30多年了，经验丰富，每月的工资却从来都是人不敷出。他是我来这之后见到的第一个人,也是第一批住进这里的破产者。

那天下午,老王正躺在棚户区唯一的一片空地上,享受着难得的阳光。周围躺满了跟他一样无所事事的破产者们。老王打了一个哈欠,刚准备抹去眼角的泪水,他却突然感觉到周围的气氛隐约有些奇怪。

他很信任自己的第六感。上次有这种感觉的时候,工厂里发生了重大火灾,死了很多人,老王却提前五分钟跑了出来,毫发无损。

"要出大事。"老王又打了个哈欠,眼角又挤出了几滴眼泪。

"什么?"周围几个人不解地问道。其实有很多人都听到了,只是大部分都懒得关心。在这里精神失常的人很多。

"有大事!"老王斩钉截铁地说到,此时,他不再懒散,危机感促使他站了起来。

这次,所有人都懒得搭理他了。

周围的几位,早就抢先一步,占据了老王本来躺着的地方。有一位仁兄,居然已经打起了呼噜。

"嘟———"尖利的哨声,打破了广场的宁静祥和,穿透了所有破产者的耳膜。

"来自市长的通知。"一个高音喇叭从空地的中央升了起来,"现在播报一份来自市长的通知。"

高音喇叭里高亢的女声,像极了新闻节目里的播音员。

"由于你们的好吃懒做,市议会决定,所有没有工作的人,都将在一年后,被送去月球开荒。"

空地上片刻的寂静之后,女声再度响起。

"重复一次,一年以后,所有的失业者都将被送去月球基地开荒。"

这次,所有人都叫了起来。空地上的喧嚣声,此起彼伏。

很多人破口大骂。

"什么?我可不想去那鸟不拉屎的地方。"

"这帮光吃饭不干活的废物,我诅咒他祖宗十八代。"

更多的人只是在轻声反复念叨着:"我不想去。"

剩下的人,则呆若木鸡。

高音喇叭里传来了尖锐的音波,所有人都闭上嘴,捂起了耳朵。

"你们只有选择服从!从法律角度来看,从上交市民卡的那一刻起,你们就失去了公民权,也就失去了国家的保护。人权组织支持这项行动,并将作为试点,检验这一扶贫方案是否可行。记住,我们是在提供工作机会。现在,所有的军警都将无条件配合执行这一行动。如果反抗,你们面对的只有枪口。当然,去到月球基地的人,都将自动取得月球居民身份证,获得月球永久居留权。"

找工作,让所有的人都绝望了。能在城里找到心仪的工作,谁还会住进棚户区?

黄赫，男，48岁，破产民营企业家，从来都有着乐观向上的心态，在艰难困苦面前，永远都是昂起头站着的。他破产过三次，前两次都东山再起。因此，实质上他只失败过一次。

"这也不算坏事，月球上虽然荒凉，但也是一次难得的机会。"

"放屁，你个土包子懂什么？去了月球，就别再想回来了。"一个大汉厉声说道。

老黄以为自己要挨打，大汉却突然抱头蹲在地上哭了起来。

"为什么啊？"老黄不解地问道。

"说你是土包子，还真是啥也不懂。"一位戴着眼镜，看上去很斯文的中年男人说道，"月球上的引力，只有地球的六分之一。长时间住在那，会得骨质疏松。就算以后回地球，也是全身瘫痪。"

老黄目瞪口呆。片刻的沉默之后，他又恢复了一直以来的乐观。

"到哪不是活？有人的地方就有生意，总好过在这里无所事事。"

没人搭理他。

那天晚上，棚户区里安静得吓人。供电的时间段早就过去了，到处都是一片漆黑。月光洒满大地，把露在外面的一切都盖上了一层惨白的缟素，像是在举行一场庄严肃穆的葬礼。现代文明的天空，再难有机会能见到这样的月色了。

"今晚的月亮真大，都快赶上俺们老家田里的月亮了。"46岁的失地农民陈宝国没话找话。老家的土地被征用之后，他得到了一笔微不足道的赔偿金。费尽千辛万苦,又租到了几块地种小麦,却赶上了天灾,只好到城里打临时工糊口。盘缠用尽,就被困在了棚户区。

"大到足够把我们这些人都搬上去么?再说了,哪的月亮不都是一样的么。"

有人在说话,老陈却毫不在意。

"应该够了吧。"想到马上要去月亮上了,他有些心不在焉。

"我们会死吗?"

墙角下,有个小姑娘抱着膝盖,蜷缩在阴影里,像只被丢弃的小猫一样孤单无助。她叫李小花,今年才20岁,却已经做化妆师四年了。三个月前的一次失误,把客人的眉毛修没了,就被老板开除出了美容院。

"谁都会死,早晚的问题。"老王也在这里,他逆来顺受惯了,倒也没啥太大的感触。工人,去哪不都是受压迫的那一群人呢?

"我好想回老家啊。我老家里,有爸爸和妈妈,还有奶奶,他们都在等我赚到钱了,回家过年呢。"小姑娘的语调,带着抑制不住的哭腔声。

"回老家?想多了吧。消灭贫困人口,你以为是要发钱给你么?"

一旁的屋子里,踱步走出了一位美艳的少妇。虽然衣着朴素,甚至称得上简陋。好在有些气质,穿什么都有一股不一般的感觉。她的出现,引来了众人的窃窃私语。借着月光,几个年轻一点的小伙子直勾勾地看着她。微微张开的嘴巴,似乎有哈喇子正在滴下来。

"这女的看着眼熟啊。"

"你什么眼神啊?她就是那个老演古装剧的杨咪咪啊。"

"哎,我去,我就说怎么这么眼熟。她不是挺有钱的么,怎么进来的。"

"跟制片方打官司,一审输了。不服,上诉,又输。再上诉,终审还是输了。赚点钱,全投进去当了诉讼费。这不就破产了嘛。"

"哦哦,你是说上次电视台直播的那官司啊。她是原告,怎么也要花这么多钱?"

"废话,请律师要钱吗?律师调查举证要钱吗?手续费,陪审团,加上请媒体宣传的费用,她那点钱哪够花。"

咪咪小姐对于旁人的窃窃私语,显得毫不在意。她只是在月光下张开双臂,似乎在尽情享受着初秋的凛冽晚风。

在后来的时间里,发生了很多事情。

大多不是好事。

老黄睡得很香,丝毫没有受到影响。经过思考,他有了主意。

"我要开公司。"

老黄逢人就说,一会儿就召集了一大群人来到了棚户区中心的空地上。

"判断一个人是不是要被送去月球开荒的标准,就是有没有工作。城里的公司不要我们,我们为什么不自己开公司呢?这样一来,大家都有工作,大家都不用去月球了。"

老黄的嗓门很大,但是周围人太多,在没有扩音设备的情况下,很难传递消息。于是,以老黄为圆心,他说的话被以一传十、十传百的方式,扩散了出去。

"咱都是破产者,就没有破产者了,我们是无产阶级。"

掌声响了起来。

"王侯将相宁有种乎?凭什么要我们去月球开荒?"

更热烈的掌声。

"一时的穷困潦倒,不能代表我们就是彻底的失败者,我们要自强不息。"

老黄因为吼得太响,一下子居然破了音,他剧烈地咳嗽起来。

"快送水,让他继续说!"周围的人们异口同声。

"第一次工业革命至今,已经过去了几百年。我们的祖辈可以做到,我们也可以。有前人铺路,我们可以做得更好。城里人不愿意带着我们,我们就自己干自己的。我们要在一年里弯道超车,达到城里的平均水准。"

掌声雷动,差点震塌了几处过于老旧的房子。

"如果大家信得过我,从现在起就听我指挥。"

众人大吼:"信得过。"

"只有形成产业链,才能自给自足。所以,我希望各行业的人都能参与进来。"

众人继续大吼:"没问题。"

"民以食为天,会种粮食的兄弟在哪里?"

老农陈宝国带着一群人站了出来。

"你们每人带一周的口粮和一袋小麦种子去城外找地方屯田。城外的地不要钱,办农场绝对零成本。"

老陈带着人走了。

"人和动物的区别,就在于人会使用工具。有机械加工和装配经验的兄弟在哪里?"

老钳工王世才带着一群人站了出来。

"优先造农用机械,然后搞一批货车出来。零件和工具,垃圾场上遍地都是,随便用。"

老王带着人走了。

之后,各行各业的失意者们纷纷站了出来。大家各归其位,各司其职,棚户区一下子变得热闹非凡。

"我早就说过,一时的失败,不代表永远的贫穷。"老黄看着众人忙碌的身影,满意得笑了。

不工作就死,有了求生欲的驱动,众人在老黄的带领下,玩命地奋斗着。于是,奇迹就这么出现了。

老陈带着人用锄头垦出了成片的农田；老王带着人用双手造出了所有你能想到的工具；咪咪小姐主演的电影靠着卖胸，居然再度热播；李小花又成了化妆师，只是这回，她以自己的风格来设计化妆方案。

大家都很高兴，一切又回到了"正轨"。除了傲慢的城里人。

当各行各业的破产者们正在热火朝天劳动着的时候，城里各行各业的成功人士也聚在了一起，热火朝天地讨论着。

"真可恶。"会议主持兼商会会长拍案而起，这一巴掌，受蝴蝶效应放大，在地球另一端引发了一场十级强震，"一群穷鬼，不老实待着，搞什么鬼？"

"他们有自己的品牌，各个行业都有。虽然质量一般，但是价格真的很低。"

"比我们的价格还低？"会长气得吹胡子瞪眼。

"是的。"发言的那位，无奈地答道。

"月球基地需要劳工，这个你们知道。全部都用在押犯人，显然是不现实的，这个你们也很清楚。破产者的群体相当庞大，大部分都是优质劳动力。送去开荒，刚刚合适。这本来就是你们的建议。群策群力，现在都来想想有没有什么新方案吧。"

众人沉默不语。

"我有个办法。"良久之后，终于有人举手发言。

"快说。"会长认为自己找到了救命稻草。

"其实很简单,他们是怎么进的棚户区,我们就怎么送他们去月球。"

众人恍然大悟。

一年的期限,很快就要到了。棚户区办的公司,却每况愈下,濒临破产。

老陈辛辛苦苦一整年蹲在田里种下的庄稼,不管是产量,还是质量,都比不上城里人电脑屏幕之后的自动化大棚农场。

老王和他的人,个个都是徒手造坦克的高级技工。但是,面对以机器人为主力的工业40.0革命大军,却无能为力。

李小花倒是站住了脚,重获公民权,拿回了属于自己的市民卡。美容行业也讲究自动化,但是机器人只会照着已经存在的设计方案,依葫芦画瓢。创意并非他们的强项,小花却有自己独到的艺术天赋,可以设计出令人拍案叫绝的效果。

咪咪小姐的运气就没这么好了。她也想靠创意吃饭,但文化水平太低,自己的思维又太过僵硬。虽然在回归之后,又主演了几部卖座的电影。但没过多久,制片方就不再找她了。原因和她第一次破产时一样,电脑制作出的形象,与真人一般无二。如此一来,可以省下大笔的片约,导演和制片方何乐而不为呢?不蒸馒头,争口气。咪咪小姐又一次站在了原告席上,也毫无悬念的再度败诉。

老黄是个聪明人,没过多久,就接受了城里人的廉价产品,很快也攒够了赎回市民卡的钱。

于是，棚户区的破产者们，在见到了黎明的曙光之后，大多又跌回了谷底。一年期满，众人相继登上了前往月球的运输飞船。

在月球上，棚户区的老熟人们再度相聚。就在大家准备抱头痛哭的时候，又一艘运输船着陆了。在城市商会会长的带领下，一大群人走下了舷梯。

虽然还离开很远，但大家还是可以看到，李小花和老黄就跟在会长的身后，也下了飞船。

此时的我，却留在了地球上，和我的同胞们在一起。

隐士，隐代表消失，士代表人。

消失的人。

文 / 合理 / 三十而立

关于"三十而立",孔老夫子的意思是,人大约到了三十岁这个年纪,就必须立下自己的志向,在为人处事,生活态度和职业规划上都能有自己的观点。这就叫志向有定。这是很多文人雅客都认同的观点,但我却更愿意相信自己的观点,把它理解为一个男人,到了三十岁这个年纪,不管因为什么原因,也必须要结婚生子,有自己的一份事业。

不幸的是,从这一点看,我显然不是一个合格的男人。十六岁从老家出来谋生,一直到现在,我都一直活跃在生产一线。并不是因为我的思想有多么崇高,而是因为没有工作技能傍身。我做过清洁工,当过搬运工,在工地干过苦力。当我第一次听到刘德华的那首老歌《笨小孩》的时候,我不禁哭出了声。歌里笨小孩的遭遇,跟我何其相似。一直到前年,我三十七的时候,不知道怎么就交上了好运,进了一家外企,成了一名流水线上的装配工人。虽然还是一线工人,但总算有了正式合同傍身。

而且,我还在这讨了个老婆,她叫张婷婷。

相对我这个外来人口来说,她是个"本地人"。因为政策的关系,这个大城市里的"本地人"普遍可以和"拆迁户"划上等号。通过拆迁，很多人发了横财。这些钱，就和天上掉馅饼一样，砸在了"本地人"头上，似乎也把他们砸得有点晕头转向，忘乎所以。

我一直认为，一个人可以掌握的财产，必定与那个人自身的思想品德和能力是成正比的。同样的一百万人民币，有的人会拿去满足自己的口腹之欲；有的人却会想着怎么把这一百万变成两百万、三百万，甚至一千万。这也是为什么有钱人会越来越有钱，没钱的注定只能求温饱。守业比创业更难，暴发户注定成不了大气候。不过，事情发展到如今这个地步，我的观点似乎不那么站得住脚了。

婷婷是我的第一任妻子，但我却不是她的第一任丈夫。我的父母有过顾虑，不过以我这样的条件，似乎并不会有太大的选择空间。何况，跟她结婚，我就不用再继续跟人合租了，老丈人还给我准备了一辆小轿车作为聘礼。更何况，对于一个三十五岁的少妇来说，她长得确实不错。在媒人的撮合下，我很快应允了这桩婚事。即便从相识到结婚，只有短短的一个月。期间，我们见面的次数，似乎屈指可数。当时的我，坚持认为这是一见钟情，不能算作闪婚。

婚后八个月不到，儿子就出生了。不管别人怎么看，这也算是一个家了。

39岁，我距离传统意义上的不惑之年还有一年的距离。但是，这会儿，我几乎认定自己只剩下了这最后的几分钟寿命了。

临死之前，我的脑海里反复在播放着一串字幕："人固有一死，或重于泰山,或轻于鸿毛。"

这话本来是司马迁写的,后来被毛主席拿去形容为人民服务而牺牲,其死重于泰山,教育广大党员干部要向张思德同志学习。

张思德同志的牺牲,显然重于泰山。而我的死,按照现在的情况看来,只能属于"轻于鸿毛"的那一类。

要置我于死地的这些人,不是坏人。相反,我敢以我的人格担保,他们中的绝大多数都是纯粹的好人。即便,这会儿不再会有人相信我是个拥有人格的好人。

因为,我杀了人。受害者,是我的老婆。

我不想死,但多数情况下,你无力阻止他的到来。人定胜天,多数时候只是一句口号。

我和婷婷,是在同一家公司上班的,自然会一起上下班。因为她要在上班的路上化妆,还需要在下班的路上约好晚上的娱乐项目,所以车子一直都是我在开。

晚上回到家之后,她的第一件事从来都是补妆,然后准备出门。有可能是去舞厅跳舞,有可能是在某处打牌,还有可能只是"简单"的饭局,一般都会到半夜才会回家,或者干脆彻夜不归。我不能理解她把大笔的钞票花在化妆品和各种服饰的采购上,就像她不能理解我能够在书房里端坐一下午,却只是在翻看那些比砖头还厚的书本。我同样不能理解牌局的乐趣,她也不能理解阅读的快感。事实上,我们都是在不断掩饰自己的缺陷。她想找回日渐消逝的青春美貌,而我只是想把年轻时没机会读完的书补上。

这就是分歧,而分歧会带来争吵。

一个碗不响,两个碗叮当,争吵总是相互的。两人之间有了不同的见解,才会形成争吵。当两个人互相看不惯对方的时候,即便是最轻微的分歧,也会引发最激烈的争吵。分歧和对立,是人类永远无法逾越的鸿沟,这都是因为人与人之间感情的极端复杂而带来的。

你去路边买煎饼果子吃,可以要求老板多加辣酱或是少放香菜,多加个鸡蛋,多放一根香肠,这些完全是受控的,可以依照你的意愿来变化。再比如,我的车子百千米油耗是9.6L。这就表示,在加了9.6L的92号汽油之后,理论上跑一百千米没有问题。这是能量守恒定律,物理法则,改变不了。如果达不到,要么车子有问题,要么就是我的驾驶习惯不好。车子有问题,可以去修,可以去换。驾驶习惯不好,可以去练。不管怎么样,总还是有办法解决的。但是,人就不一样了。你的女朋友想去高级餐厅吃牛排配红酒,你却带她去路边摊吃东北烧烤。她的目的是拍照发朋友圈,你的想法却是没有饥饿是烧烤解决不了的,如果有,就吃两顿。彼此都不能达到对方的期望值,就是分歧。

想要事物达到人的期望值并不难。就像所有的公司,都会把自己客户的需求当作追求的目标。车子有高配低配选配,手机有安卓苹果,房子有毛坯和精装,你总能找到最符合自己心理标准的实物。而想要一个人达到你的期望值,就不会这么简单了。哪怕是近似,也需要付出很大的代价。此时,争吵的到来是显而易见的。于是,争吵似乎就成了人与人之间（自然也包括夫妻之间）为自己谋求更多利益的一种手段。暂且不论是否有效，但绝对是最常被采用的。

聪明人不会轻易选择争吵这样极端的方式，因为这样就把自己放到了退无可退的地步。此时再要退步，显然就是认怂。聪明人不会这样冲动、欠考虑。就好像情侣之间，一句"我爱你"，可以解决全部的争执，何必还要针锋相对呢？聪明人解决分歧，往往可以让对手永远消失。

可惜的是，聪明人太少，而分歧总是那么多。

整个市区范围内最繁忙的一段高架，是我们上下班的必经之路。每天或多或少，都会因为车流缓慢或者干脆就是堵车而带来长时间的等待。我是个慢性子，天生自带"既来之则安之"那样的安逸。就像我的座右铭一样，"命里有时终须有，命里无时莫强求"。不是不争，而是从来不把得失成败看得太过重要。倒不是说一定要达到佛家所说的"本来无一物，何处惹尘埃"那样的境界才算不争，这样就太过唯心了，不适合现代人。从小接受唯物主义教育的我们，通常会把眼前的现实放到第一位，而忽略了对自己内心的修行。世间万物，虽然是以物为核心的，但内心却可以影响到你对现实世界的看法。所以，明朝的王守仁会说"知行合一"，意思就是，你的内心和你的行为，应该是保持一致的。

有时候，我甚至会像个呆子一样一动不动地坐很久。面对越来越繁忙的日常生活，就该有一种"人世如潮尘如水"的淡泊。卸下浮躁，安安静静地去做个发呆的人。四书里的《大学》提到，"知止定静安虑得"。知止而后能定，能定而后有静，静了才可以安，安后才有机会去虑，思考之后自然可以有所得。可见，心不能定，是阻碍一个人进步的最大障碍。这同样也是格物致知的前行条件。格物、致知、诚意、正心、修身、齐家、治国、平天下，再宏伟的目标，其根本还是你自己的内心。正是因为这样，必须给自己安排思考的时间，以正心。"信愿行果"，思考得出一件事对自己成败得失的作用，才能有信心；有信心之后，就会有想要成事的愿望；有了愿望，自然会产生兴趣，才会得到必然的成功。要不然孔老夫子怎么会说"学而时习之，不亦说乎"，"学而不思则罔，思而不学则殆"其实也是一个道理。

记忆里，我死之前的那天下午，下班时我和往常一样，跟在婷婷的身后，向着公司的停车场走去。上班的时候，要穿工作服。我懒得换了，她却已经穿上了一件颜色鲜艳到夸张的传统旗袍。不一般的是，这件旗袍两边的开衩已经快到大腿根部了。在丝袜的掩护下，才不至于因为微风的吹拂而泄露出私密的森林。这般若隐若现，在满足感官的同时，似乎也带来更多的神秘感，更刺激，更能震撼人心。即便臀部在失去青春的滋润之后，略显平坦，但因为大幅度的扭动，还可以令人浮想联翩，更不用提她那纤细的腰肢和故意挺起的胸部了。

她是这个公司里的明星，而我，从来都只是她的一个助理。

我低着头跟在她身后，眼前只有脚下的路，刻意忽略了周围无数人的侧目。我不敢与他们对视,因为这样就等于告诉他们,我很在乎那些流传已久的绯闻和轶事。在这样尴尬的气氛下,我不由自主地加快了脚步,以至于不小心踩到了婷婷的鞋跟。

"哎哟,你走路不看道的啊。"她趔趄了一下,似乎很生气。

"对不起。"我终于有机会抬起头说话了,只是声音低到只有我们俩能听见。

"一天到晚病怏怏,真没用。"她弯腰查看自己的高跟鞋,翘起的臀部,引来了周围更加热辣的窥视。

"待会儿开快点,我赶着出去。"坐在车里的她,已经摸出了手机,打开了微信。

"你去哪啊?晚上不用接儿子回来么?"我低声问道。

"儿子姓张,不姓金。你管得着么?放我爸妈那好了,我很忙。"说完,她就把脸别了回去,不打算再搭理我了。

很多"本地"的老一辈,都认为"不孝有三,无后为大"。不同的人,他们的"后",必须是男孩,而且必须掌握冠名权。如果家里只有女儿,他们会一门心思想要招个女婿入赘,得了外孙就跟娘家的姓,这样也算是有了继承人。在这种传统的影响下,女人成了一台生殖机器,男人成了原材料供应商,而小家庭成了生产男孩的小作坊。资金从来不会短缺,这样的小作坊生产任务不算繁重,却面临着极其紧张的交工期。

婷婷并不喜欢孩子,她觉得生育之后会让身材会变形。她堕过胎，三次，这当然是我在婚后才知道。老丈人和丈母娘都很着急，于是就拿房子作为诱惑，才换来了现在的外孙。老两口喜欢得不得了，已经快到了宠溺的地步。除他俩之外，不许第三个人碰他，连我也只能看看。至于婷婷，她压根就不想要这个孩子，完全不管不顾。

回家的路上，繁忙的交通令婷婷一直在不停地抱怨。

"前面那辆黑色桑塔纳，之前一直是跟在我们后面的，你看开多快啊。刚才叫你超车，就是不听。开个车也能这么磨叽，真没用。"

"地上是白实线啊，不能变道。"

"别人都行，你就不行？跟着大客车跑，脑子秀逗了吧？而且还离得那么远？"

"车越多，越要保持车距啊。"

"你！闭嘴！"她侧身指着我的鼻尖吼到。

我本来就不喜欢在开车时候说话，她这样正合我意。

到家的时候，天色已经有些发暗了。我继续跟在婷婷的身后，低着头上了楼。声控灯似乎出了点问题，我只能摸着黑在口袋里掏钥匙开门。就在这时，门却自己开了。

"主人回来啦。" 声音是从客厅里一个银灰色的圆筒里面传出来的，那是我们家的家务机器人。

这年头，生活节奏越来越快。上班族经历了一天的劳累，回家之后还要做家务。家用机器人的出现，就像是民间神话传说里的田螺姑娘一样，包揽了你能想到的所有家务活。它就像是一个管家一般，把家里打扫得井井有条。却又像奴隶一样，不求任何回报。

"晚饭准备好了么？"婷婷问到。

"冰箱里没菜。""田螺姑娘"说到。

"巧妇难为无米之炊"，我们这台机器人，是简配版，只能完成室内的家务活。

"那你自己想办法吧，我要出门了。"婷婷对着镜子补妆，头也不回地对我说到。

这个家似乎从来都只有我一个人在，习惯就好。

"你去吧，不用管我。我先躺一会儿，过会儿出去吃。"

"明白了，主人。"婷婷没理我，倒是"田螺姑娘"闪着蓝色的光芒，退到了墙角。

我踱步走进了卧室。里面虽然有香水的味道，很好闻，但却没有一丝女人的温暖。我和衣仰卧在床上，盯着雪白的天花板，没过多久，居然就这么睡着了。

等我醒来的时候，似乎已经到了深夜。时近深秋，就这么穿着衣服睡觉，醒过来还挺冷的。肚子里虽然空空如也，但是最初那种饥饿难耐已经过去，取而代之的是四肢乏力。我直起上身，背靠着床头，勉力坐了起来，开始发呆。

沉重的敲门声，打断了我的思绪。

"来啦,来啦。"我一边大声回应着,一边把自己的身子从床中间挪到了床边。找到拖鞋后,三步并作两步赶到了门口。

"哎哟,小金啊,可算找到你了。"说话的是个老太婆,她是我们这个街道的居委会主任。热心肠,人挺不错的。

"杨大妈,这是怎么啦。"我注意到杨大妈的身后还站着一个穿着辅警制服的中年人。

不等杨大妈介绍,辅警先开了口:"你是张婷婷的家属吗?她出了车祸,现在在医院。"

"什么?"我愣住了。

"小金子啊,你也别着急,等到了那边再说。据我了解啊,你老婆没什么问题。不过跟她同车的那个有点惨,据说腿没了。"

杨大妈后面说了什么,我已经没心思听了。我只是机械地穿好鞋,关上门,然后跟着辅警上车往医院赶去。

等进了医院的急救区,我想象中插满管子的婷婷,并没有出现。她只是蜷缩着身子,坐在走廊的长椅上瑟瑟发抖。身前站着一个交警,正在给她做着笔录。

此时的婷婷,显得楚楚可怜。两腿的丝袜都已经千疮百孔,旗袍倒是好好的,只是胸口的纽扣不知什么原因,掉了两个,裙摆上也沾满了点点的污渍。原本整整齐齐的披肩长发,此时很随意地堆在一起,有些地方似乎已经团成了球。

病房里冲出来的一个胖女人,挡在了我的前面。

"你个狐狸精,我要你的命。"胖女人没有丝毫的犹豫,发现婷婷之后,就朝她冲了上去,好像一头发了狂的野猪。她那根根竖起的短发,像极了野猪的鬃毛。

胖女人在所有人还没反应过来之前,一把卡住了婷婷纤细的脖子。我一直很喜欢她的脖子,又长又直,像极了文艺复兴时期风格的雕塑,只是肤色比石膏的惨白要好看得多。

胖女人的双手像是钳子一般,越夹越紧,任谁也分不开。眼看着婷婷的脸色已经由最初的惨白,变成了猪肝的深紫。我呆呆地站着,不知所措,边上赶来的几个交警和辅警却急坏了。

"妈。"一个六七岁左右的小女孩,摇摇晃晃地从病房里跑了出来,她哭得很伤心。

胖女人把目光转向了自己的女儿,眼神中闪过一丝犹豫。仿佛思考了一个世纪,她终于松开了自己的双手,转而抱住小女孩,母女俩抱头痛哭。

突发的事件,引来了众人的围观。路过的两个护工,对着婷婷和这对母女指指点点。

"这个狐狸精害人不浅啊。"

"就是,跟人家老公瞎搞也就算了,在车上还不老实。好了哇,现在出事了。她倒是不要紧,人家老公惨了。"

"怎么啦?"

"哦哟,你还不知道啦,截肢了。咔嚓一下,一条右腿就没了。"

"啧啧啧,这么惨的啦。好像他老婆还没工作的呢,全家就靠男人上班赚钱。"

"对的,我还听说男的家里还蛮有钱的呢,家里房子好几套。现在腿没了,有钱也没法享受。"

"哎哟,还好啦,也算享受过了哇,这个就叫报应。你看看那个女的,长得还不错嘛,肯定是老公没用才会到外面偷吃的。"

说完,两个人居然咻咻咻地笑了起来。

我此时的心情,就好像凉水浇头,怀中抱冰,由内而外一阵阵发冷。

"警察同志,我是她老公。"我被自己沙哑的嗓音吓了一跳,只得用力咳嗽两下,清了清嗓子。

"你叫什么名字?"交警拿起本子和笔,低头继续记录着。

"金旭江。"犹豫了几秒,我又问到,"我老婆什么时候可以回家。"

"现在就可以走了,赶紧的。"交警终于抬起了头,他偷偷瞄了一眼还在抱头痛哭的母女俩,挥手示意我赶紧离开,似乎有点紧张。

"谢谢警察同志。"我所有的行动,都是条件反射。

"玉容寂寞泪阑干,梨花一枝春带雨"是白居易写杨贵妃的。婷婷没有杨玉环那么丰满,不过以现代人的审美观,绝对算得上是个美女。她不停地抽泣着,还不时抬头看我。突然就一下子扑了上来,趴在我的肩头嚎啕大哭。嘴里似乎在嘀咕着什么,只是我没听懂。犹豫许久，我还是奋力抬起已经变得僵硬无比的胳膊，肘部似乎打上了石膏，被死死固定住了。我犹豫了很久，才把她环在怀里。我并不想碰她，可是众目睽睽之下，什么都不做似乎不合适。

情侣或是夫妻之间的拥抱，可以传递很多信息给对方。在获得对方拥抱的同时，也在得到对方的支持。在这样的时刻，两个相爱的人绝对是最幸福的，因为他们处在一个互相拥抱、互相支持的状态。上帝造人，原本只造了代表男性的亚当。后来，他觉得亚当一个人实在太过寂寞了。就拆下他的一根肋骨，做成了代表女性的夏娃。因此，在拥抱的同时，男人找到了他失去的一部分，女人则回到了她最初的存在。拥抱应该是有感而发的，应该是自然而然的。不是自然而然的拥抱，都是流氓行为。

细细想来，我和婷婷的第一次拥抱，居然是在我们的结婚典礼上完成的。当时的射灯很亮，当照在身上的时候，有种快要变成火鸟的感觉。我就像蒸锅里的大闸蟹一样，被牢牢困在了这偌大的舞台上。不同的是，束缚大闸蟹的是绑在它们身上的绳子。束缚我的，则是司仪和台下坐着的众多宾客。有那么一瞬间，我回想起自己曾经对于婚姻的憧憬。在我看来，婚姻的双方应该是彼此灵魂的伴侣，代表了爱情最美好的那一部分。看过很多名人婚姻中的轶事，其中钱钟书先生和他的夫人杨绛之间的婚姻最能打动我。据说，这夫妻二人，在和别人起冲突的时候，居然会帮着自己的配偶打架。都是受过高等教育的人，为了自己人，居然可以揪别人的头发，扇耳光，甚至恶语相向。这样才是最纯粹的爱情，无关物质，无关爱好，无关名节，无关面子，罔顾世人，只求本心。我很渴望能得到这样的婚姻，渴望能得到产自这样婚姻下的拥抱。这个时候搂抱在一起的两人，可以假装没有明天，可以假装只剩眼前，可以彼此占满对方的心怀。

周围人群依旧在交头接耳地说着什么，不过我不感兴趣。我松开双臂，头也不回地朝着出口的方向走去，婷婷跟在我的身后，还在不停抽泣着。几个穿制服的交警如临大敌，把胖女人团团围在中间。不过，有女儿在场，胖女人变身野兽的能力似乎消失了，取而代之的只是一个悲伤无助的母亲。

回到家的时候，夜已经深了，整栋楼只有我们这个屋子里亮着灯。

"你有什么要问我的吗？"除了红肿的鼻尖和眼眶，以及眼眶里还未完全消失的眼泪，完全找不到她刚才哭泣过的痕迹。

"洗洗睡吧，明天还要上班呢。"我早已换上了睡衣，躺到了床上。

她呆呆地看了我一会儿，抱起田螺姑娘准备好的干净睡衣，走出了房门。很快，浴室里传来了潺潺的水声。在发生了这么多事情之后，我居然还是睡着了。

清晨的第一缕阳光，透过窗帘的缝隙钻了进来。婷婷还在熟睡，柔美的阳光照在她的脸上，铺得很均匀，朦朦胧胧的像是披上了一层轻纱。早起念经，是一个小和尚每日的必修课。我的小和尚很虔诚，只是现在真的没有念经的欲望。简单的梳洗之后，我决定独自上班。

深秋清晨的空气，显得十分清冽，虽然有点冰冷，但是却有一种令人欲罢不能的快感。时辰还早，小区里的行人不多，只有零星几个早起晨练的老人。我十分享受这片刻的宁静，一旦拉开车门，就代表着一天忙碌的工作就要开始了。

但愿，公司里还没人知道车祸的事情。

今天是月底的最后一天，发工资的日子，我一个月里最开心的日子。

工资单是每个人的隐私，规定必须用信封装着，由车间主管老卢分发到每个人手上的。所以，当我看到我的工资单在被众人传阅的时候，我真的很不爽。

"哟，小金来啦，恭喜啊，又评了个先进，这个月奖金你最高。"

众人附和着，都在起哄，还有人大声叫喊着要我请客喝饮料。

"你们凭什么拆了我的工资单？"我厉声问道。

"今天老卢没来，我们只好自己去他桌上拿工资单啦。你还没来，就顺路帮你带回来了。"

说话的这位，绰号叫刚烈。肛裂做过手术，平时溜须拍马的本事绝对排全公司第一。在我来之前，他经常可以拿到每月的先进奖。

"这是我的隐私！"

"隐个屁，你当这谁还会不知道啊？"刚烈冷笑着说到，脸上堆满着嘲讽和不屑。

"你！"我指着他的鼻尖，却找不出一个字来骂他。

"怎么？要打我？"刚烈把鼻尖凑近了我的指尖。"来啊，我怕你啊。"

"算了算了，别欺负老实人。"周围的人劝到。

"谅他也不敢。不就是个吃软饭的家伙么，狂个屁。"

刚烈转身回到了自己的工位上，而我却呆立在原地。围观的几个人，嘴角上明显都挂着微笑。我只得尴尬地摇了摇头，走到自己的工位上。

周围的几个人依旧在热烈交流着什么。

"老卢为什么没来啊？"

"你还不知道？"

"怎么啦？难道死啦。"

"死倒是没死，还在抢救。车祸，没了条腿，治好了也是个残废。"

"什么情况？"

"声音轻点！"说话的这位低头四处扫了一圈，然后低声说道，"据说是跟小三出去幽会，俩人干柴烈火，开着车还动手动脚的，就让大卡车给撞上了。"

"小三？人家可是给老卢添下一个男丁的。放以前的皇宫里，这妥妥的可以封个皇后了。"

俩人喋喋不休，眼神一直在往我这偷瞟。他们以为我没有听到，或者假装没有听到，我就只好配合他们，把我这个傻瓜的角色继续扮演下去。

一天就在这样浑浑噩噩的状态下过去了。等我回到家里的时候，客厅除了婷婷，她娘家的亲戚也来了好几个。

"小金啊，来我们家很久了吧？"我的老丈人先声夺人。

"是的，也快四年了吧。"我有点莫名其妙。

"把这份东西签了吧。"他拍了拍桌上的一张 A4 大小的文件，抬起的脸上，写满了不屑。

"好的。"我很清楚，一旦把名字签下，我就和眼前的这个家没有任何关系了。但我还是要签，因为我已经无法忍受这样的生活。

"我真希望从来没有见过你，我希望你从我眼前永远消失。"出门前，我对着婷婷说到。语调冷静到难以想象。但视线中，只有墙角的田螺姑娘。

"你嚣张什么呀？你的车子，你的房子，都是我爸妈买的。没我在，你什么都不是，和路边臭要饭的有什么分别？穿的人模狗样，混好了也是个吃软饭的。"

昨晚的阴霾，已经消失不见，婷婷似乎又恢复了往日的风采。

"还是那句话，我希望你从我眼前永远消失。"

田螺姑娘开始闪烁起来，散发出诡异的蓝光。

"跟你说实话，我这么着急跟你结婚，就是为了给肚里的孩子找个便宜的爸爸。"她笑了,真的好美。

婷婷还在喋喋不休,但我已经收拾完自己随身的物品,走出了家门。天渐渐暗了下来,房间里的灯还没有开,"田螺姑娘"身上闪烁着的蓝色光芒还在闪烁着。

那晚,我找了一个宾馆,抽了人生第一根烟,喝了人生第一瓶酒。

等我真正清醒过来的时候,却发现自己正被铐在一把放在房间正中心的椅子上,两个武警抱着枪,一左一右站在我的身边,如临大敌。身前还站着一个西装革履的男人。

"别磨蹭了,我们赶时间。"西装男冷笑着对我说到。

两个武警,一前一后的把我夹在中间。西装男则来到我的身后,把我的双臂向前平推了起来。

"没什么问题,把他的铐子都卸了吧。"西装男对其中一个武警战士说到。

于是,两个武警分工合作,一个举枪瞄准了我的头部,另一个遵照西装男的指示,把我身上的枷锁都卸了下来。

然后,一个一人多高,像极了鱼缸的玻璃箱被另外一个似乎等候多时的武警战士推了进来。原来的两个武警,则举枪退到了一旁,黑洞洞的枪口,依然没有一丝松懈。

"躺进去。"西装男厉声说道。

"什么？"

"我叫你躺进去。"

于是，我只能慢慢地顺着鱼缸的边，滑进了鱼缸。游泳向来不是我的专长，肺活量自然也就是一般水平。刚开始的时候，我还能依靠强留在胸腔中的最后那一口气勉力支撑。呼吸是本能，只要人没死，身体永远都会渴望新鲜的空气。只是，你无法在水里自由呼吸。

于是，我不由自主地吸入了第一口水。

一旦开始呛水，再想屏住呼吸就不可能了，水的倒灌已经无法避免。水流顺着鼻腔一路侵入了我的肺叶，温暖的水很快就占据了我的眼眶、耳道和鼻腔，几乎剥夺了我的视觉、听觉。我还能感觉到心脏跳动，正常呼吸却不可能了。因为胸腔的剧痛，我不由自主地弓起后背。不过，因为空间狭小，我根本动弹不得。在无比痛苦之下，我把整张脸都紧贴在了玻璃钢的透明外壳上，试图得到救助。

这显然只是徒劳。

二氧化碳开始在血液里沉积，肺部的灼烧感愈演愈烈。身体缺氧的程度越来越厉害，呼吸的应激反应也愈发难以控制。我依旧在本能的驱使下，敲击鱼缸外壳呼救。但是嘴里冒出的气泡，只会让我更快地排空肺部，被水取而代之。

我开始愤怒地吼叫。怒气在水里化作气泡，向着玻璃箱的顶部升腾而去。

在理智完全被本能占据之后，水也彻底战胜了空气。我的头像是要炸裂开来，伴随着剧烈的耳鸣，我最后一次摇动一下头颅，整个身体像是无意识一般，悬浮在了水中。

事情发展到这，我是真的要死了吧。只是，为什么浸猪笼的是我？

"你不懂，这叫高科技。"

"你才不懂呢。你看看，都躺水里面那么久了，压根没动过，准是死了。"

"怎么可能，这不是在动么？眼睛还在眨呢。"

"我以为他死了呢。"

"怎么可能！早跟你说了，这是高科技，用来审问犯人的。"

"怎么个审法？"

"我又没上过大学，我怎么懂？反正就是潜意识什么的，关在这水箱里，就和外面的环境隔绝了。"

"水里怎么呼吸？"

"你问得太多了。"

其中一个武警打算刨根问底，但是另一个显然已经江郎才尽了。

这会儿，我已经逐渐恢复了知觉，似乎还得到了在水里自由呼吸的能力。只是因为水压的存在，每次呼吸，都要比平时花费更多的力气。

至少，我还没死。

可能过了很久，也可能只过了一会儿，我被一道突然出现的白光给刺的有些恍惚。之后，胸口感受到了像是要被人给撕裂一般的疼痛，我再次感受到了溺水时无法呼吸的那种痛。渐渐的，胸口感受到的压迫感越来越强烈，很多温热的粘稠液体，从我的嘴里喷涌而出。我像是得了肺炎一般剧烈地咳嗽，整个人因为痉挛而弯成了一团。在我勉力睁大双眼之后，视野里已经可以看到模模糊糊的人影了。不同于透过水箱看到的人影，现在看到的一切，都是那么的真实。我努力分辨他们交谈的内容，但是耳畔只是传来隆隆的水声。

模糊晃动的人影和隆隆的水声持续了很久，我突然就发现自己似乎可以正常呼吸了，只是，胸口的一起一伏，还隐隐伴随着肺部传来的阵痛。我不断咳出更多的粘稠物，就像是个初生的婴儿试图排出多余的羊水。

我又回到了原来的世界，像是获得了新生。

等意识彻底恢复的时候，我发现自己正侧身蜷缩在一张白色的棉毯上。即便棉毯摸起来相当松软，但是我还是能感觉到底板的坚硬。周身的阵阵凉气，让我不由自主的开始发抖。

"你还记得自己是谁吗？"

问话的是个戴着口罩、穿着一身白色医生装的眼镜男。因为只能勉强透过镜片看到他的眼睛，所以他的语气也显得硬邦邦的。

因为寒冷，我依旧蜷缩着身体，嘴里的上下排的牙齿面，似乎也因为意识形态的不同，发起了对敌对阵营的进攻。碰撞声，此起彼伏。此时，要我完整地说出一句话，显然是不可能完成的任务。因此，我没打算搭理眼镜男。

"你的名字是金旭江吗？"

我说不出话，只能点头表示承认。

"你现在什么感觉？"

显然，眼镜男并没有要停止提问的意思，他似乎根本不打算考虑我的感受。

"冷……"我努力咬紧牙关，挤出了这个字。

即便隔着口罩，我也能感觉到眼镜男的脸上正洋溢着的无比灿烂的笑容。

"冷就对了，说明身体在恢复。"

说完，他递给我一个正往外升腾起白色水汽的透明的一次性塑料杯。里面的不明液体，显然是温热的。我没有丝毫的犹豫，一口气喝了个底朝天。令我意外的是，口感居然还算不错，居然有一丝可乐的酸甜。

"这是什么？"

"姜丝煮可乐，抗感冒的神器。"

眼镜男洋洋得意地看着目瞪口呆的我，又笑了起来。这次，他把口罩摘了下来，因此笑容变得灿烂起来了，眼睛也眯成了一条缝，甚至整个身子都开始颤抖起来。

我瞪着他，惊讶地发现，他就是之前的那个西装男。

"你知道你的老婆失踪了么？"眼镜男脱下眼镜，抹去了眼角星星点点的泪水。

"不知道。"

"是你干的吗？"

"不是。"

"在你们住的那栋楼的下水道口，鉴证科的人找到了你老婆的几根头发和一小片皮肤。水表的记录表明，你们家在那一晚的用水量猛增，达到了平时的五十倍以上。有这些证据，我们已经可以推断是你把你的老婆杀了，然后进行了分尸，以此来消灭证据。"

"不，我没有。"我冷静地说道。

"你说得那么坚决，是不是早就知道这些证据定不了你的罪？"眼镜男又笑了起来，只是，这次的笑容，却像是冰山一样寒冷。他盯着我看了一会儿，语气很坚决地继续说道，"我一定会找到证据的。"

我瞪着他，一言不发。他也瞪着我，同样一言不发。

"你可以回家了，滚吧。"长久的沉默之后，还是眼镜男先开了口。

几个月之后，4S店来电话通知我可以把"田螺姑娘"提回家了。我是三天前把它送去做保养的，本来当天就可以提走，但是维修部的工人说"田螺姑娘"的清扫功能因为吸尘器的管道被大量的毛发堵塞，没有办法修理，必须更换，所以需要花费几天的时间。

"一共888元。先生，您是现金还是刷卡？"客服小姐很有礼貌。

"这么贵？不是说只有一根塑料管要换么？"

"哦，先生，是这样的，我们这所有的配件都是原厂出产，质量都是有保障的。"客服小姐彬彬有礼地解释着。

"算了算了，你也别解释了。刷卡吧。"

"好的。"客服小姐熟练地操作着POS机，取走了我的888块钱，然后把刷卡机递给了我，"请您在这输入密码，然后签字。"

"搞定了。"我刚要转身离开，却又被这位客服小姐叫了回来。

"先生，能再借用您几分钟吗？"

"怎么啦？你说。"

"是这样的，我看到您给机器人投的保险要到期了，是否需要续保。"

"可以啊。"我顿了顿，接着说道，"但是，把意外伤害险取消吧。"

"先生，意外伤害险是给您和您的家人投的。在使用过程中，机器人难免会有一些失误，当它给您和您的家人造成意外伤害的时候，也算有个保障。"

"谢谢，已经用不着了。"我犹豫了一下，接着说道，"我的意思是，我不需要这个项目。"

"好的，就按您说的办。您上一年度的总保额是688元，这一年度去掉意外伤害险，再给您打八折外加抵价券和减满的优惠，一共是 88 块钱。"

我无奈地掏出皮夹子，找出了 88 块钱的零钱，递给了她。

"谢谢金先生，祝您生活愉快。"

"谢谢，我的生活会很愉快的。"

客服小姐笑容可掬，不过，我的笑容比她还要灿烂。

直到今天，我才明白了什么叫作"三十而立"。

科幻锐创意征文由以下各群群主及部分管理员联合发起，排名不分先后，特此致谢：

科幻小说：630582320

科幻写作：193649351

科幻部落交流反馈：583778389

ERD·遥远的家：99816742

地球三体组织：278065068

三体世界：253673799

科幻探索中心：534153692

科幻爱好者：16812541

《宇宙钟摆》

超光速追缉挑战想象力极限,
宇宙钟摆系统概念带你滑向宇宙深渊!
生命形态可以量子化呈现?
高极智能的最终归宿难道都要进化到能量状态?
点燃木星虽可以给人类取暖,但可怕后果谁能预料?
移民水星是否可行?
驾地球逃出太阳系难道就能找到新家……

世间万物,皆有生灭,就算存在了130多亿年的宇宙也概莫能外!

"宇宙钟摆"就是这样一个控制宇宙生死轮回的大系统。它由两个以上引力中心构成一个奇特的时空结构,在这个宏大无匹的结构中,宇宙中的所有物质只能在几个引力支点上做钟摆运动,宇宙万物的轮回由此而生。

对于这个系统,人类原本一无所知,但一场无法躲避的灾难,却加速了我们对它的认知:

公元22世纪初,地球进入一片需要3 000万年才能穿越的星际尘云。早在两三亿年前,地球便因穿越这片浩瀚尘云而进入漫长的冰河期,地球上97%以上的生物惨遭灭绝……而这次,走进这条进化死胡同的,却是我们人类!

为了应对这场末日劫难,有人主张利用量子发动机技术,将地球推离原有轨道;有人主张移民水星或点燃木星取暖;还有人暗中策划"涅槃计划",试图利用外星智慧,将人类改造成嗜杀成性,但能适应恶劣环境的鹞羽人……

不同的意见导致无尽的争执与杀戮,人类面临两难抉择:要么被异化,要么被灭绝。最终主张维持人类本性的一方占据上风,"涅槃计划"策划者因此逃向宇宙深处。于是,一场超光速飞船追缉叛逃者的太空大戏在宏大的宇宙背景下展开。在惊心动魄的追缉中,"狄拉克"号飞船诡异地陷入时空陷阱,没想到却让人类意外地掀开了"宇宙钟摆"的神秘面纱。

"宇宙钟摆"能否改变人类面临的厄运?最终结局超出了所有人的想象……

银河行星:本名吴信才,重庆市璧山人,新生代科幻作家。作品叙事宏大,擅长多角度展现人与宇宙万物的对应关系,擅长在众多科幻创意中反复切换,进而展现人类在极端状态下的生存状态、心理状态。其作品画面感极强,受到多家影视公司青睐。代表作《宇宙钟摆》三部曲及其所著的所有作品,均已天价签约影视公司。

新书推荐

《莽荒诡境》：通向未知文明的探险之旅

一部比《鬼吹灯》《盗墓笔记》《藏地密码》更有内涵，比《三体》更接地气的旷世奇书！

有科学家曾提出一个设想：如果人类突然消失，地球会变成什么样？能够想象到的是，几天之内，大多数地方的电力将中断；因水泵不再运转，地铁、地下公路等地下世界会成为水世界；几个星期后，大多数人类豢养的家畜与宠物死亡；几个月后，大多数的核电站将发生爆炸；几年以后，水和野草将从根基上腐蚀掉整个城市；100年后，绝大部分与人类文明有关的记录——书籍、相片、电子数据将消失；300年之后，绝大多数的建筑坍塌；几万年之后，金字塔、长城、美国总统山等最后的人类建筑垮塌；1500万年之后，玻璃和塑料将是人类存在过的最后证据；3亿年之后，人类所有痕迹已被清扫一空。

3亿年，足以毁灭证明人类存在过的所有的痕迹，乃至后世根本无法意识到曾经有过一个叫作人类的文明存在——地球已经有46亿年的历史。在这46亿年中，究竟发生过一些怎样的故事？我们这些如今正处在食物链顶端的双足直立动物，是否就是地球上唯一的不可替代的高级文明？抑或说：地球上曾存在过N世文明，在我们之前，既可能出现过人类前世文明，也可能有外星文明曾经光临地球并在地球上长期繁衍生息？

千百年来，人们一直试图通过各种手段寻找其他文明曾经在地球上生存过的证据。比如1948年前后，便有一支身份复杂、神秘的队伍，曾涉足湖北神农架3000多平方公里苍莽而又危机伺伏的无人区。这支队伍中有国民政府暗中安插的军统、中统骨干，有投降后仍野心不死潜伏下来的日本特高课精英，有美国中情局内线，地下党，江湖巨匪以及真正的科考探险工作者……因为此次行动属于最高机密，所以在开始的时候，参与其中的各色人等少有人知道此行的真实目的——他们中的绝大多数人，最初以为是去寻找一处深埋地下的黄金宝藏……

但随着行动进一步深入，这些人却逐渐意识到此行的目的决非寻宝那么简单，特别是当一条贯穿古今中外、地球文明兴衰历史的线索链渐次显现、露出其狰狞诡秘的一面时，所有参与其中的人都被震撼得目瞪口呆。这条线索链，就是北纬30°线！

北纬30°线是一条横贯四大文明古国的神秘纬线。在这个纬度上，不但孕育出古埃及、古巴比伦、古印度和古中国这样的四大文明古国，同时它还是埃及尼罗河、中东幼发拉底河、美国密西西比河、印度恒河、中国长江的发源地或入海口。另外，世界第一高峰珠穆朗玛峰、世界最深海沟马里亚纳海沟、世界最大沙漠撒哈拉沙漠都出现在这条线上。而更让人动容的是，古玛雅文明、远逝的三星堆文化、埃及金字塔、让人谈之色变的百慕大三角以及千百年来以秘传佛教著称的西藏和异闻横飞的神农架，也都位于这条不断创造出神奇与毁灭的纬线上。

因此，若将北纬30°视作一条灵动诡异的丝线，那么这条丝线所串起的简直就是一部地球文明的兴衰史。而处于这条线上的神农架，极有可能隐藏着一个贯穿地球文明兴衰史的神秘触点。只要找到并将这个触点成功激活，进而产生连锁反应，那么千秋万代以来萦绕在人们心中的一个个重大谜团也许就会找到答案。比如：

古埃及、古印度、古巴比伦文明以及玛雅文明为何会突然中断并最终消亡？究竟是一种怎样的力量让它们突然从鼎盛急坠直下，瞬息化为历史尘烟？

大西洲——亚特兰蒂斯大陆因何陆沉海底，当年曾经生活在那里的原住民是否有人生还并留下后裔？若留下了，他们的子孙如今又去了哪里？

古埃及金字塔、古巴比伦的空中花园、巴别通天塔等究竟是由上古高等文明还是由地外文明一手建造？他们的目的是为了获得永生，还是为了向地外文明发出联络信号？

吞没了不计其数飞机、轮船的百慕大三角区以及曾在二战中让美国空军折损近500架飞机的中国川藏航线究竟隐藏着何种惊天秘闻？这一切属于特殊地质引发的灾难还是"人为"造成？

此外，还有人类不同族群关于厄难的种种描述与传说，以及本不该发生在几千年乃至上千万年前的核爆场面，如此等等，既扑朔迷离，又让人产生无限遐想……

浩瀚信息，海量谜疑。这是一部比《鬼吹灯》《盗墓笔记》《藏地密码》更有内涵，比《三体》更接地气的旷世奇书！

为促进中国本土科幻文学更好发展，《虫》MOOK系列图书面向全球华语科幻作者、书迷广泛征集科幻短篇、中篇、长篇原创作品。

我们郑重承诺，对于来稿每稿必复。

投稿邮箱：bfwhzf@163.com

科幻作者、读者交流群：QQ 群 1：16812541

QQ 群 2：28184811

扫一扫走进科幻，关注《虫》MOOK 更多资讯。